Impressum:

©2016 Alexandra Schumann

76879 Essingen, Germany

Titel und Autor: Wildrosengeflüster, Alexandra Schumann

Cover by fotolia.com
Font Copyright (c) 2012, TypeSETit, LLC
Reserved Font Name "Lovers Quarrel"

All rights reserved

Herstellung und Verlag:
BoD - Books on Demand, Norderstedt
ISBN 978-3-7431-7901-1

Für Mom und Dad. Danke, dass ihr immer für mich da seid!

Wildrosengeflüster

1

„Brauchst du was, Grandma?"

Bella, meine Enkelin, hatte mir ihre zarte, schmale Hand fürsorglich auf die Schulter gelegt und ich tätschelte sie zärtlich.

„Nein, Liebes, danke, ich komme zurecht."

Ich gab ihr einen Kuss auf ihren Finger, der nach Lavendel duftete.

„Gut, dann mach ich mich jetzt auf den Weg ins Büro."

Sie küsste mich noch auf mein graues Haar, dann wandte sie sich ab und gleich darauf hörte ich sie das Haus verlassen, ich war allein. Das Aufstehen fiel mir schwer, aber ich schaffte es, schlurfte hinüber zu meinem alten Schreibtisch und setzte mich auf den knarrenden Stuhl, rückte den Stapel Papier vor mir zurecht und griff nach dem Füllfederhalter.

Ich hielt inne und atmete tief durch, die Sonne schien durchs Fenster und mir ins Gesicht, ich schloss die Augen und genoss ihre wohltuende Wärme. Der Frühling war schon immer meine liebste Jahreszeit gewesen. Zuzusehen, wie alles erneut zum Leben erwachte, ließ auch meine Seele stets von neuem aufleben und der Gedanke, dass kein Tod auf ewig war, war mir ein Trost, immer mehr, je älter ich wurde.

Was mich auf der anderen Seite wohl erwarten würde?

Ich schüttelte mich und öffnete meine Augen. Mein Schreibtisch aus dunklem, schwerem Holz stand unterm Fenster und so genoss ich den Anblick des Strands, der Wellen, die in gleichmäßen Abständen ruhig am Ufer ausliefen. Die roten Wildrosen, die ich eigens in meinem Garten gepflanzt hatte, wiesen schon einige

Blüten auf, in kürzester Zeit würden sie reich übersät sein. Bella liebte sie so sehr wie ich, aber sie wusste nicht, was mich mit diesen Blumen verband.

Ich betrachtete das leere Blatt vor mir. Ein leeres Blatt ist nur ein Stück Papier, seinen Wert bekommt es erst durch seinen Nutzen, wenn es gefüllt ist, der Wert richtet sich nach dem Inhalt.

Waren wir nicht alle einst ein unbeschriebenes Blatt Papier, um selbst unsere Geschichte zu schreiben, die Geschichte des Lebens mit immer weiter führenden Kapiteln, voll unerwarteter Wendungen, die es zu spannendem Leben entfachten, zu guten sowie schlechten Zeiten.

In der Hoffnung, für Bella möge es wertvoll sein, hatte ich beschlossen, endlich mit dem Schreiben zu beginnen, da ich wusste, wie begrenzt meine Zeit hier auf Erden war. Wertvoll für Bella, zu wissen, woher sie kam, wer sie in Wirklichkeit war... nein, wer ich in Wirklichkeit war. Was ich getan hatte.

Meine Hand, übersät von Falten und Altersflecken zitterte leicht, als ich den Füllfederhalter zum Papier führte mit dem Wissen, die Konsequenzen für meine geschriebenen Worte nicht mehr tragen zu müssen.

Liebe Bella,

heute endlich werde ich mein Gewissen erleichtern, meine Geschichte erzählen, unsere Geschichte, also die Geschichte unserer Familie, von der du viel mehr zu wissen glaubst, als es tatsächlich der Fall ist. All die Jahre habe ich für meine Tochter und somit auch für dich den Schein gewahrt, den Schein meines ganz normalen Lebens. Ich tat dies, um euch zu schützen, aber auch mich, denn dies war alles, was ich je gewollt hatte: Ein ganz normales Leben, welches sich jedoch erst leben lassen sollte, nachdem ich ein Haus aus Lügen gebaut hatte.

Ich muss nun mit meiner Erzählung weit zurückgehen, zurück in die Zeit, da ich ein junges Mädchen war, denn nur so wirst du vielleicht, und das hoffe ich sehr, in der Lage sein zu verstehen, vielleicht sogar zu verzeihen.

Mein Dad, also dein Urgroßvater, kaufte einst das alte Haus am See. Niemand wollte es haben, zu abgelegen und einsam lag es, umgeben von Feldern, Bäumen, dem See und kleinen Teichen. Er bekam es also billig, richtete es her, heiratete meine Mutter und wir, meine Geschwister und ich, wurden in diesem Haus geboren. Josh war der älteste von uns, ein Jahr später kam ich, Anna. Nach mir erblickte Amy das Licht der

Welt, dann David und letztlich das Baby, das ich Maggi nannte.

Ja, Bella, du liest richtig, wir waren fünf, doch du kanntest nur Josh, genau wie deine Mutter. Auch ihr habe ich nie von meinen anderen Geschwistern erzählt. Selbst heute noch fällt es mir schwer, auch nur über sie zu schreiben, die Geister der Vergangenheit heraufzubeschwören, jetzt, da ich zurückdenke, scheinen sich all meine Eingeweide zusammenzuziehen.

Wir kamen alle jeweils im Abstand von nur einem Jahr zur Welt. Du siehst also, mein Pa ließ meine Mutter nicht zu Ruhe kommen. Nur Baby Maggi, sie war die letzte, war als Nachzügler erst Jahre später zur Welt gekommen.

Es war Sommer, ein wunderschöner Sommer, so, wie man ihn sich vorstellt, richtig heiß, die Luft um einen herum schien zu flirren und der

Schweiß rann einem den Rücken hinunter, ohne, dass man sich gerührt hätte. Wir hatten Ferien. Jeder von uns hatte in dieser Zeit zwar seine festen Aufgaben, die Mädchen im Haushalt, die Jungs eher im Garten mit dem Obst und Gemüse, außerdem mussten die Tiere versorgt werden, die da waren unsere Hündin Terry, die das Haus bewachte, mehrere Katzen, die uns die Mäuse aus dem Haus halten sollten, ach ja, und die Hühner natürlich nicht zu vergessen, unsere Eierlieferanten. Ich erinnere mich an einen Hahn, den wir mal hatten, Charly. Der war so was von bösartig, dass man ihm besser wirklich nicht zu nahe kam. Er ging mit garstigem Gekreische auf einen los, flatterte dabei unheilvoll mit seinen großen, ungestutzten Flügeln und konnte sehr schmerzhafte Hiebe mit seinem Schnabel verteilen, die blutige Striemen hinterließen.

Wir Kinder waren darauf bedacht gewesen, unsere Aufgaben möglichst gleich in der Frühe zu erledigen, um der ermüdenden Hitze zu entgehen und den Tag über dann frei zu haben, das war uns wichtiger, als lange zu schlafen. Schließlich waren wir gewohnt, um fünf Uhr morgens aufzustehen, zumal wir einen weiten Schulweg hatten, den wir zu Fuß gehen mussten.

Bis dahin hatten wir ein normales Leben geführt. Meine Mutter hatte natürlich viel zu tun, eine Waschmaschine gab es damals noch nicht und so musste sie die Wäsche von uns allen noch mit der Hand waschen. Sie kümmerte sich um die Gemüsebeete, das Essen... kurzum, alles, was mit Heim und Herd und uns Kindern zu tun hatte, bewerkstelligte sie alleine, denn Dad war schließlich der Herr im Haus und wenn er abends von der Arbeit nach Hause kam, schickte sie uns schnell auf unsere Zimmer, damit er, müde von der Arbeit, die Beine hochlegen und sich ausruhen konnte und sich von Ma umsorgen lassen konnte.

Josh und David hatten ein Zimmer zusammen, genauso wie Amy und ich. Wir beiden Mädchen hatten das kleinere Zimmer. Außer den zwei schmalen Betten und einer kleinen Kommode für unsere Kleidung, die Ma selbst nähte, befand sich nichts darin, für mehr war auch kein Platz.

Wir gingen also stets sehr früh zu Bett, obwohl es jetzt im Sommer noch sehr hell war und im Zimmer war es so warm, dass man nicht einschlafen konnte, erst, wenn die Nacht anbrach und es etwas abkühlte. Ich stand dann auf und öffnete das Fenster, um etwas frische Luft hereinzulassen, um endlich schlafen zu können.

Ich hatte mich gerade wieder hingelegt, die Decke hatte ich weg von mir an die Wand geschoben, obwohl wir lediglich dünne Hemdchen trugen, und atmete tief die Luft ein, die langsam begann, etwas abzukühlen.

Ich war gerade im Begriff einzuschlafen, als ich Amys leise Stimme hörte.

„Anna."

Ich war müde und stellte mich schlafend, doch meine kleine Schwester ließ nicht locker und ihr Flüstern wurde etwas lauter.

„Anna!"

Ich hörte, wie sie sich im Bett aufrichtete.

„Bist du noch wach?"

Ich drehte mich zur Wand. „Nein", knurrte ich.

Amy kicherte und schlüpfte herüber zu mir. Ich ergab mich und drehte mich wieder auf den Rücken.

„Was ist denn?", fragte ich resigniert.

„Ich kann nicht schlafen! Weißt du schon, was du mal werden willst?"

„Über sowas machst du dir Gedanken mitten in der Nacht?", ich rollte genervt mit den Augen.

„Nun sag schon!", drängte sie und stieß mir leicht ihren Ellbogen in die Seite. Nur mühsam unterdrückte ich ein Lachen, meine kleine Schwester wusste genau, wie kitzelig ich hier war. Ich drehte mich auf die Seite und wandte mich ihr zu.

„Alles, was ich will, ist schreiben. Die vielen Geschichten aufschreiben, die ich mir ausdenke", ich atmete tief durch, dann erzählte ich weiter, „ich werde eine berühmte Schriftstellerin und wenn ich dann reich bin", ich strich ihr ihre langen, goldblonden Locken aus ihrem zarten Gesicht, „ dann ziehst du zu mir, in mein Haus am Strand", davon träumte ich, „und wir werden reisen und uns die Welt anschauen."

Amy kicherte unverhohlen.

„Pst!", ermahnte ich sie, „wenn Pa uns hört…"

Sie schlug ihre Hand vor den Mund, doch ihre Augen lachten weiter.

„Was willst du mal werden?", wollte ich wissen.

Sie überlegte nicht, antwortete, wie aus der Pistole geschossen.

„Ich werde Schneiderin! Ich nähe dann die schönsten Kleider für uns! Du musst schließlich gut aussehen, wenn du berühmt bist, da kannst du nicht mit geflickten Sachen rumlaufen!"

Lächelnd legte ich meinen Arm um sie.

„Nein, das kann ich wohl nicht."

Ich gab ihr einen Kuss auf die Wange und versetzte ihr einen zärtlichen Schubs.

„Aber jetzt ab mit dir, wir müssen schlafen."

Wortlos ging sie wieder hinüber in ihr Bett, ich konnte hören, wie das Laken raschelte. Ich spürte ihren Blick auf mir, als sie plötzlich fragte:

„Was glaubst du, wollte Ma wohl werden?"

„Hm", darüber hatte ich mir nie Gedanken gemacht, „ich weiß es nicht, vielleicht... einfach nur Ma?"

„Was denkst du, was es dieses Mal wird? Junge oder Mädchen?"

„Keine Ahnung. Ich hoffe, es wird ein Mädchen, dann sind wir in der Überzahl."

Ich zwinkerte ihr zu, ohne daran zu denken, dass sie es gar nicht sehen konnte.

„Ja, ein Mädchen wäre gut."

Vielleicht hatte Ma auch eines Nachts in ihrem Bett gelegen und sich ihr Leben ausgemalt, wie es mal werden sollte, was sie machen wollte. Vielleicht hatte sie auch große Träume gehabt. Ist es sehr schwer, große Träume zu verwirklichen?

Vielleicht hatte sie aber auch einfach nur Mutter werden wollen, genau! Es musste ja wohl so sein...

Energisch drehte ich mich wieder zur Wand und schloss die Augen.

„Schlaf jetzt, Amy, gute Nacht!"

„Gute Nacht, Anna!", murmelte sie noch mit schläfriger Stimme.

2

Als ich am nächsten Morgen müde in die Küche schlurfte, hatte Mom gerade begonnen, den großen Laib Brot in Scheiben zu schneiden. Sie hatte mich noch nicht bemerkt und ich blieb in der Tür stehen. Ich betrachtete sie, ihren Bauch, der mir riesig erschien, und ich fragte mich unwillkürlich, ob das nicht weh tat? Jedenfalls konnte das Baby da nicht mehr lange drin bleiben, sonst würde sie platzen. Konnte das passieren?

Sie hatte ihr braunes Haar geflochten und hochgesteckt, damit es bei der Arbeit nicht im Weg war. Ich sah, wie ihre Hand plötzlich an ihren Unterleib fuhr, während sie sich mit der anderen auf der Arbeitsplatte abstützte.

„Lass Ma, ich mach das!"

Mit einem Schritt war ich bei ihr, zog ihren Stuhl heran, damit sie sich setzen konnte.

„Danke, Liebes!"

Sie entrang sich ein schwaches Lächeln und tätschelte mir zärtlich den Arm.

„Euer Geschwisterchen wird wohl nicht mehr lange auf sich warten lassen."

„Wird auch Zeit!", grinste ich und schnitt das Brot weiter.

„Wo ist Amy?", wollte sie wissen.

„Sie schläft noch, sie hat letzte Nacht so schlecht geschlafen und da dachte ich, ich lass sie… Ich kann ja die Hühner für sie füttern und die Eier einsammeln", räumte ich ein, „ist es dir recht oder soll ich sie aufwecken?" Ich wandte mich ihr fragend zu.

„Nein, lass nur, ist schon in Ordnung." Sie schluckte. „Du bist ein gutes Kind, Anna."

Ich fühlte, wie mein Gesicht rot wurde über das Lob und schnitt schnell weiter.

„Anna?", ihre Stimme war leise und ich antwortete nur mit einem „hm?"

„Anna, du bist das älteste Mädchen und sehr vernünftig für dein Alter. Falls… falls mir etwas geschehen sollte, versprichst du mir, dass du dich um deine Geschwister kümmerst?"

Erschrocken fuhr ich herum, kniete mich auf den Boden und schlang meine Arme um ihren dicken Leib.

„Mom, dir wird nichts passieren!"

Sanft streichelte sie über mein Haar. Ich legte mein Gesicht auf ihren Bauch und sog den Duft nach Teig aus ihrer Schürze ein.

„Nein, mein Schatz, mir wird nichts geschehen", versuchte sie mich zu beruhigen. „Ich meine ja nur, wenn… würdest du?"

„Natürlich würde ich das!", brummelte ich in ihren Bauch. Ich spürte, wie sie aufatmete und gleich darauf einen Tritt von dem Baby.

„Danke, mein Kind. Es beruhigt mich, das zu wissen, weißt du...? Ich hab dich lieb."

„Ich hab dich auch lieb, Mom."

Ich küsste sie auf die Wange und begann, den Berg Brotscheiben mit Marmelade zu beschmieren. Gleich würden auch die Jungs auftauchen und die hatten immer Hunger.

Ich hörte sie schon auf der Treppe, als ich mir selbst eine Scheibe griff und einen großen Bissen nahm.

„Bis nachher, Ma", verabschiedete ich mich kauend und winkte ihr zu.

Ich ging hinaus, um Platz in der Küche zu schaffen.

Kaum hatte ich den Fuß vor die Haustür gesetzt, kam Terry auch schon angerannt.

„Hallo, mein Mädchen!" Ich tätschelte ihr den Kopf und sie leckte mir freudig die Hand, dann begann sie zu schnuppern und endlich fiel ihr Blick auf mein Brot und lachend teilte ich den Rest mit ihr, was sie mit heftigem Schwanzwedeln begrüßte.

„Guter Hund! Aber jetzt lass mich meine Arbeit machen. Kannst ja mitkommen, wenn du willst."

Nebeneinander liefen wir zum Hühnerstall. Ich öffnete die kleine Tür, damit das Federvieh ins Freigehege raus konnte, als Charly mit lautem Gekrächze auch schon auf mich zugerast kam.

„Hau ab, du blödes Vieh!"

Terry verteidigte mich, indem sie bellend vor mich sprang und den Hahn bedrohlich anknurrte, der endlich zurückwich.

Ich wuschelte durch ihr langes Fell.

„Das Brot hast du dir verdient!", lobte ich sie, „meine Lebensretterin!"

Schnell griff ich nach dem Hühnerfutter und streute es aus, bevor Charly die nächste Attacke plante, so hatte er besseres zu tun. Ich sammelte die Eier ein, ging zurück in die Küche, die wieder leer war bis auf Mom, die noch immer auf dem Stuhl saß. Vorsichtig legte ich die Eier in eine Schüssel.

„Oh, reichliche Ausbeute heute. Dann machen wir doch später Pfannkuchen mit Marmelade."

Es schien ihr besser zu gehen, ihr Gesicht hatte sich wieder etwas entspannt.

„Du musst heute nichts machen Mom, ich mach das! Ich geh jetzt Wäsche machen und danach komm ich und mach das Mittagessen."

Ich ließ ihr keine Zeit zum Widerspruch und eilte schnell wieder hinaus, um mich eilig an die Arbeit zu machen. Die Sonne brannte jetzt schon herunter, das würde kein Zuckerschlecken werden. Aber ich wollte, dass sie sich ausruhte.

Der Wäschezuber stand ein Stück weit weg vom Haus, Richtung See. Dort waren auch zwischen zwei großen Pappeln die Wäscheleinen gespannt. Während ich draußen die Wäsche wusch, waren die Jungs beim Angeln, von hier aus konnte ich den See gut überblicken. Morgen würde es also Fisch zum Essen geben. Ich beneidete sie, wie sie, die Füße im Wasser, am Ufer saßen, ruhig, im Schatten der hohen Pappeln, die den Rand des Sees säumten.

Als ich endlich die Wäsche zum Trocknen über die Wäscheleine hängte, war es vorbei mit der Ruhe. Sie hatten ihre Angelruten zur Seite gelegt und sprangen nun mit lautem Gejohle einer nach dem anderen ins Wasser.

„Bande!", murmelte ich, während ich mir mit der Hand den Schweiß aus den Augen wischte. Doch dann dachte ich an Mom, wie sie so klein mit ihrem dicken Bauch, der größer zu sein schien, als sie selbst, auf dem Stuhl saß und machte mich auf den Weg zurück ins Haus, um die Pfannkuchen zuzubereiten.

Zu diesem Zeitpunkt, das weiß ich noch genau, sehnte ich den Abend herbei.

Doch der kommende Abend sollte unser aller Leben für immer verändern. Ich konnte doch nicht ahnen, dass am nächsten Tag schon nichts mehr so sein würde, wie es war.

3

Nach dem Abendessen ging ich direkt hinauf auf unser Zimmer und fiel todmüde ins Bett, da ich den ganzen Tag durchgeschuftet hatte. Am Nachmittag hatte ich noch die Gemüsebeete geharkt und Obst gepflückt. Die Jungs und Amy wollten noch unten bleiben, bis Pa nachhause kam. Ich betrachtete die Wand, an der ich lag, die weiße Farbe begann überall abzublättern und ich strich an einer Stelle mit dem Finger entlang, sodass weißer Staub auf meine Decke bröselte. Dann fielen mir auch schon die Augen zu und tiefer Schlaf erlöste mich vom Schmerz in meinen Armen und Beinen.

Mitten in der Nacht wachte ich auf. Zunächst wusste ich nicht, ob mich etwas geweckt hatte, oder ob ich von ganz allein wach wurde, weil ich so früh zu Bett gegangen war. Doch dann hörte ich es: ein Seufzen, ein Stöhnen, mühsam unterdrückt. Geräuschlos setzte ich mich auf und lauschte angestrengt. Es kam von unten. Ich war hellwach und der Boden war kalt, als er meine Füße berührte. Ich hörte Amys regelmäßigen Atem, als ich aufstand. Der Vollmond erhellte das Zimmer, so dass ich gut ihr mir zugewandtes, engelsgleiches Gesicht erkennen konnte und ihr Arm hing über das Bett, als hätte sie mir ihre Hand reichen wollen. Ganz sachte schob ich ihn zurück. Da war es wieder, ein Ächzen.

Ich schloss leise die Zimmertür hinter mir und schlich barfuß nach unten, um nachzusehen. Bestimmt kam das neue Geschwisterchen, freute ich mich unverhohlen. Hoffentlich ein Mädchen…

Und ich würde es als erste wissen, meine Geschwister schliefen tief und fest.

Die Schlafzimmertür meiner Eltern war nur angelehnt, ein Lichtstrahl fiel in den Flur, an dem ich mich problemlos orientieren konnte. Ich legte meine flache Hand aufs Türblatt, fühlte das warme Holz, und schob sie geräuschlos ein winziges Stück weiter auf, sodass ich mit einem Auge ins Zimmer spähen konnte. Mom lag im Bett, ihr Gesicht schlohweiß und sie wirkte völlig erschöpft. Pa saß bei ihr auf der Bettkante und hielt ihre Hand, eine Waschschüssel und Handtücher lagen daneben und das ganze Bett war voller Blut. Ich erstarrte vor Schreck und verzog angewidert das Gesicht, aber bestimmt war das normal, dass es blutete. Fasziniert starrte ich auf den Blutfleck, der sich immer weiter auf der Decke ausbreitete, unfähig, den Blick abzuwenden. Ich sah, wie sich Moms Hände ins Laken krallten und sie in die Decke biss, um den folgenden Aufschrei zu unterdrücken. Konnte man denn da gar nichts tun, um ihr zu helfen? Mein Herz verkrampfte sich aus Mitleid und auch meine Hände krallten sich in mein dünnes Hemdchen. Ich begann zu frieren und auf meinem ganzen Körper bildete sich Gänsehaut und ich beschloss, selbst niemals ein Kind zu bekommen.

Sie stöhnte und stieß hohe, schrille Töne aus, mühsam unterdrückt und durch das Laken gedämpft. Ihr Gesicht schmerzverzerrt, bäumte sich ihr schweißgebadeter Körper auf und ihr Haar klebte an ihrem Kopf. Endlos schien die Zeit, bis sie sich zurück ins Kissen fallen ließ, völlig kraftlos. Mein Vater wischte ihr mit einem feuchten Handtuch das Gesicht ab.

„Weiter so, du schaffst das!"

„Ich weiß nicht", keuchte sie, „irgendetwas stimmt nicht, ich glaube, es liegt nicht richtig."

Pa saß mit dem Rücken zu mir, ich konnte sein Gesicht nicht sehen, doch sicherlich war er erschrocken, denn er ließ ihre Hand fallen.

„Dann lauf ich jetzt ins Dorf und hole den Arzt!", stieß er entschlossen hervor, doch ihre schmale Hand schoss hervor und umklammerte die seine mit festem Griff.

„Nein... nein! Lass mich nicht allein!"

Und wieder bäumte sie sich auf, schnell steckte sie sich das Handtuch in den Mund und ich dachte, dieser Schrei hätte durch Mark und Bein gehen müssen, als sie presste, ihr Gesicht rot wie Feuer vor Anstrengung und endlich das Baby kam. Ich hörte es kurz weinen, dann ging das Weinen in leises Gewimmer über. Zugleich konnte ich Unmengen von Blut sehen, das in Windeseile die Decke durchtränkte und auf den Boden tropfte. Ich sah in das Gesicht meiner Mutter, das reglos mit weitaufgerissenen Augen und aufstehendem Mund an die Decke starrte, sie rührte sich nicht, es schien, als wäre plötzlich alles Leben aus ihr gewichen.

So war es auch, doch ich konnte es nicht begreifen.

Pa nahm das Baby auf den Arm, nachdem er die Nabelschnur durchtrennt hatte und ich sah, dass es ein Mädchen war, sah die perfekten, winzigen Füßchen und Hände, deren Fingerchen sich bewegten, als wollten sie nach etwas greifen. Ihr Haar war schwarz und bedeckte das ganze Köpfchen. Er wickelte das winzige Geschöpf in ein Handtuch und wiegte es in seinen Armen. Zu gern wäre ich hinein gegangen und hätte es selbst in die Arme geschlossen, doch ich traute mich nicht.

Schließlich wanderte mein Blick wieder zu meiner Mutter, zu dem vielen Blut und mir wurde langsam klar, was geschehen war, während sich meine Hände zu Fäusten ballten. Meine Gedanken begannen, Karussell zu fahren, alles in meinem Kopf schien durcheinanderzuwirbeln und plötzlich ertrug ich den Anblick nicht mehr! Ich rannte nach oben, warf mich mit tränennassem Gesicht auf mein Bett, umklammerte meine Decke und weinte haltlos in mein Kissen, ohne auch nur einen Mucks dabei von mir zu geben.

Hast du schon einmal auf diese Weise geweint? Erinnerst du dich an diesen unerträglichen Schmerz?

Dennoch, ich wollte Amy nicht wecken, was hätte ich ihr sagen sollen?!

Irgendwann schien mein Vorrat an Tränen aufgebraucht zu sein und sie versiegten. Wer würde nun dem Baby seinen Namen geben?

Ein Schauer lief mir über den Rücken, als ich mich an die Worte meiner Mutter erinnerte: Versprich mir, dass du dich um deine Geschwister kümmern wirst!

Und ich nannte das Baby Maggi.

Trotz des schrecklichen Erlebnisses, meine Ma sterben zu sehen und des riesigen, leeren Lochs, das sie in meinem Herzen hinterließ, der Angst davor, was die Zukunft nun bringen würde, erfüllte mich der Gedanke an Klein Maggi mit unbeschreiblicher Liebe, die meinen Körper mit Wärme erfüllte, während ich zugleich wusste, dass von nun an nichts mehr sein würde, wie es gewesen war, ich die Verantwortung übernehmen musste, die meine Mutter getragen hatte. Ich war vierzehn, ich würde nicht mehr zur Schule gehen können, stattdessen würde ich von nun an Mutter von vier Kindern sein.

Ich drehte mich auf den Rücken und starrte an die Decke. Das Zimmer war in unfreundliches Grau getaucht, die Dämmerung noch nicht hereingebrochen, doch es musste wohl bald so weit sein.

Ich hörte, wie unten die Haustüre geöffnet wurde, ansonsten war noch alles still, selbst die

Vögel schliefen noch, bis auf eine einsame Eule, deren Nachtruf bald verklingen würde. Ich stand auf und trat an das geöffnete Fenster. In diesem Moment war die Wolke, die den Mond verhangen hatte, weitergezogen, so dass dieser wieder sein gespenstisches Licht verbreiten konnte. Ich sah, wie Pa mit Klein Maggi auf dem Arm zum Schuppen ging, um gleich darauf mit einem leeren Kartoffelsack, der über seinen anderen Arm hing, zurückzukommen. Was hatte er vor?

Gebannt sah ich zu, wie er mit dem kleinen, zappelnden Bündel zum See lief, in dem sich die Scheibe des Mondes spiegelte, in das Boot stieg und ans gegenüberliegende Ufer ruderte und ich sah den tanzenden kleinen Wellen zu, die er dabei verursachte. Ich konnte mir keine Vorstellung davon machen, was er da wollte und so wartete ich angespannt auf seine Rückkehr.

Er kam zurück, kurz vor Sonnenaufgang, allein. Er legte an, zog das alte Boot ein Stück ans Ufer und ich konnte hören, wie er wieder das Haus betrat.

Ich blickte hinüber ans andere Ufer, während mein Körper von Eiseskälte ergriffen wurde und mich schüttelte. Schließlich legte ich mich ins Bett, drehte mich zur Wand, zog die Decke über den Kopf und heiße Tränen benetzten meine Wangen.

Gleich darauf erwachte Amy, ich stellte mich schlafend, fühlte mich nicht in der Lage zu sprechen. Ich hörte wie sie das Zimmer verließ um hinunterzugehen, auch die Zimmertür der Jungs wurde geöffnet.

Ich blieb auch weiterhin reglos liegen, als von unten lautes Weinen und Gejammer nach oben drang, erst als Amy rauf kam und weinend zu mir ins Bett schlüpfte erwachte ich aus meiner Starre. Sie klammerte sich an mich, als wäre sie am Ertrinken. Sie drückte ihr kleines, nasses Gesicht an meine Brust und durchweichte mein Hemd. Ich legte meinen Arm um sie und drückte sie fest an mich, ich wollte sie festhalten, sie beschützen, retten vor dem Ertrinken.

„Mom…", schluchzte sie und es zerriss mir das Herz.

„Ich weiß", murmelte ich nur und streichelte ihr den Rücken, so wie Ma es immer getan hatte und begriff, ich war bereit, mich in mein Schicksal zu ergeben.

4

Zwei Stunden später kam der Arzt aus dem Dorf, um den Totenschein auszustellen.

Wir Kinder standen draußen im Hof, warteten, mucksmäuschenstill, reglos und verheult. David hatte sich an Joshs Arm geklammert und ich hielt Amys Hand. Die Welt schien still zu stehen, wir hörten nicht den Wind, der die Blätter der hohen Pappeln und Trauerweiden zum Rascheln brachte oder das empörte Gackern der Hühner, die aus ihrem Stall wollten. Selbst Terry hatte sich still zu uns gelegt.

Irgendwann fuhr der Leichenwagen vor, um Mom abzuholen. Mir war, als würde ich aus einer Trance erwachen, ich riss mich los von Amys Hand und rannte, rannte am grasbewachsenen Ufer des Sees entlang, bis ich schwer atmend am anderen Ende angekommen war und ich ungefähr die Stelle gefunden hatte, wo Pa in der Nacht hin gerudert sein musste. Ich verlangsamte meinen Schritt und lief suchend umher, bis ich es gefunden hatte.

Ein kleines Häufchen Erde, frisch und feucht. Er musste das Loch mit den Händen ausgegraben haben, er hatte keinen Spaten dabei gehabt. In wenigen Wochen würde man die Stelle nicht mehr finden, dann würde sie von Gras und Unkraut bewachsen sein. Ich kniete mich hin, das piksende Gras unter meinen Knien ignorierend, und begann mit meinen Händen die Erde beiseite zu schieben, zu graben. Bald schon stießen meine Finger auf Stoff und ich legte hastig das kleine Bündel frei. Er hatte den Sack nicht verschnürt, vorsichtig holte ich das Baby heraus, wiegte es zärtlich in meinen Armen, legte meine Wange an das kleine, kalte Gesicht. Sie war wunderschön, sie war perfekt.

Ich weinte laut schluchzend, völlig fassungslos.

„Mein Baby, Klein Maggi, was hat er dir nur angetan?! Was hat er dir nur angetan!"

Ich drückte den kleinen Körper an mich, wollte ihn nicht freigeben und irgendwann wurde mir klar, dass ich ihn hasste! Ich hasste meinen Dad!

„Das werde ich ihm nie verzeihen, hörst du? Niemals! Irgendwann wird er dafür büßen!"

Meine Augen verengten sich zu Schlitzen.

„Dafür wird er büßen! Wie konnte er nur?"

Ich küsste Klein Maggi das Gesichtchen ab, die Stirn, die Augen, die kleine Stubsnase, die Wangen und schließlich den Mund. Voller Zärtlichkeit fuhr mein schmutziger Finger die feinen Linien ihrer Brauen nach, während ich flüsterte: „Sag Mom, dass ich sie vermisse und dass ich sie liebe und… und dass ich mich um meine Geschwister kümmern werde.

Eine Woge von Schuldgefühlen überkam mich bei dem Gedanken, dass ich mich um Maggi nicht gekümmert hatte und d a s würde ich wohl mir niemals verzeihen.

Widerwillig trennte ich mich von meiner kleinen Schwester, legte sie zurück in das kleine, schwarze Loch und grub es wieder zu.

„Mach´s gut, mein Baby. Gib Ma einen Kuss von mir."

Langsamen Schrittes machte ich mich auf den Rückweg, ich fand niemanden vor und dafür war ich dankbar. Der Leichenwagen war verschwunden, Mom war fort, für immer.

Wo Pa und meine Geschwister waren, war mir gleichgültig, wahrscheinlich waren sie auf ihren Zimmern. Ich ging direkt in den Schuppen, wo ich auch gleich fand, was ich suchte. Lattenstücke, übrig von der Sanierung des Hauses. Ich wählte ein Stück, das ungefähr einen halben Meter lang war und ein etwas kürzeres, entfernte mit einem alten Lappen die Spinnweben und den Staub. Mit einem rostigen Messer, das auf dem schiefen Regal lag, ritzte ich ihren Namen in das kürzere Stück Holz: Maggi. Mit einem Stück Seil verband ich die beiden Holzstücke zu einem Kreuz, dann lief ich zurück, holte Maggi aus dem Loch, das er gegraben hatte und lief mit ihr weg, weg vom See, weg vom Haus, bis ich in ein kleines Waldstück kam. Dort grub ich unter einer riesigen Tanne ein neues Grab für sie, sie sollte nicht in dem liegen, das ihr Mörder für sie gegraben hatte, ja, das war er, ein Mörder und er sollte sie niemals mehr finden! Als ich fertig war, drückte ich unter großer Kraftanstrengung das Kreuz in den Boden, bis es stabil stand.

„Ich werde dich jeden Tag besuchen, Klein Maggi", versprach ich wispernd. Das war ich ihr schuldig.

Ich sang ihr ein Schlaflied vor, das Mom uns früher vorgesungen hatte.

Am Abend klopfte es so leise, dass ich es fast überhört hätte. Amy lag eng an mich gekuschelt bei mir im Bett.

„Herein", flüsterte ich, als sich die Tür auch schon öffnete und Joshs dunkler Lockenkopf sich durch den Spalt schob.

„Darf ich?"

„Ja, komm rein."

Er trat ein, zusammen mit David an der Hand. Er setzte sich uns gegenüber im Schneidersitz auf Amys Bett und David setzte sich neben ihn.

Irgendwann brach er das Schweigen.

„Wir müssen besprechen, wie es weitergeht."

Heute weiß ich, dass es die Art der Männer ist, Probleme beim Namen zu nennen, das Bedürfnis, Lösungen zu finden. Doch Amy und ich sagten nichts, sahen ihn nur aus hohlen Augen an.

Schließlich biss er sich auf die Unterlippe, sodass die Haut unter seinen Zähnen sich weiß färbte.

„Pa sitzt unten in der Küche und trinkt."

Er warf die Aussage einfach in den Raum, ohne sie zu dokumentieren und ich musste erst überlegen, bis ich verstand, wie er das meinte und setzte mich auf.

„Ich hab Mom versprochen, mich um euch zu kümmern", flüsterte ich kaum hörbar, „das werd ich auch tun. Ich werde ihre Arbeiten übernehmen, ich schmeiß die Schule."

„Ich auch, ich helf dir!", warf Amy gleich ein.

Ich lächelte schwach. „Das ist lieb von dir, aber du gehst weiter zur Schule. Helfen kannst du mir trotzdem!" Mein Ton war bestimmt und duldete keinen Widerspruch, schließlich war sie ein ganzes Jahr jünger als ich.

Josh senkte den Kopf.

„Ich bin fertig und muss anfangen zu arbeiten, aber abends werde ich da sein und dir helfen."

Er sah auf und sein schlechtes Gewissen spiegelte sich in seinen Augen wider, doch es war klar, dass es keine andere Lösung gab.

„Ist schon okay", versuchte ich ihn zu beschwichtigen, „das wissen wir doch!"

Zum nächsten Ersten würde er eine Lehre im Dorf auf einer Farm und Winzerbetrieb beginnen.

Amy und David saßen zusammengesunken und mit hängenden Köpfen da, als fühlten sie sich hilflos ausgeliefert, weshalb ich meine Schultern straffte und mit klarer Stimme verkündete: „Wir schaffen das!"

Josh und David blieben in dieser Nacht bei uns im Zimmer, in Amys Bett. Keiner tat in dieser Nacht ein Auge zu, wir alle wussten, wir waren alles, was wir hatten.

Der Tag, an dem Mom beerdigt wurde, war denkbar grausam. Es regnete in Strömen, als würde der Himmel mit uns weinen. Es waren auch einige Leute aus dem Dorf da, unter anderem auch das Ehepaar, bei dem Josh in die Lehre gehen würde, doch ich registrierte sie kaum. Hätte mich hinterher jemand gefragt, wie sie aussahen, ich hätte es nicht sagen können.

Jeder von uns warf nach der Zeremonie eine Rose ins Grab, ich hatte für jeden von uns eine im Garten geschnitten. Es waren Wildrosen und die kleinen, spitzen Dornen, die sich in unsere Hände bohrten, nahmen wir in Kauf. Nur Pa stand mit leeren Händen da, als er ans Grab trat und warf eine Schaufel voll Erde hinein, die nass und fest auf dem Holz des Sarges aufklatschte.

Danach kamen die Leute, um die Hände zu schütteln und Beileid zu wünschen, Pa natürlich zuerst. Ich hätte gerne darauf verzichtet. Ich stand neben ihm, hörte wie er auf Nachfragen erzählte, das Baby sei tot zur Welt gekommen, roch seinen nach Alkohol stinkenden Atem. Ich stand nur stocksteif und drückte mechanisch die mir dargebotenen Hände.

Wie ein Albtraum zog alles an mir vorbei und schließlich war ich dankbar für Amys Hand, die sich suchend in die meine legte, sie umklammerte und mich mit sich zog.

Langsam liefen wir durch den Regen nach Hause, der uns erbarmungslos in die Gesichter peitschte und sich mit unseren Tränen vermischte. Kurioserweise kam mir ein Gedicht in den Sinn:

Die Sonne verschwindet,
der Himmel wird trübe,
die grauen Wolken
erheben sich müde.

Der Wind bläst plötzlich kälter,
ich beginne zu frieren,
die Häuser erscheinen älter,
vom Donner beginnt die Luft zu vibrieren.

Dieses Wetter passt zu mir,
weil es meiner Stimmung ähnlich ist,
die Schuld daran, die liegt bei dir,
weil du nicht mehr bei mir bist.

Im Flur schlüpften wir aus den triefenden Schuhen, die nasse Spuren auf dem braunen Holzboden hinterließen.

„Geht nach oben und zieht euch trockene Sachen an", bat ich meine Geschwister, „ich komme auch gleich, ich muss nur kurz zur Toilette."

Wortlos folgten sie meiner Anweisung, während Pa einfach in der Küche verschwand und die Tür hinter sich schloss. Ich ging noch einmal hinaus in den Regen zu unserem kleinen Klohäuschen, die Tür knarrte, als ich sie öffnete, da sie schief in den Scharnieren hing. Ich schloss sie hinter mir und übergab mich in das kreisrunde Loch, das in ein Brett geschnitten war. Ich zitterte am ganzen Körper, nicht vor Kälte, es war das Gewicht, das allzu schwer auf meinen Schultern lastete.

Ich atmete tief durch und ging zurück in den Flur, schaute zur Küchentür, es war nichts zu hören. Ich sah durchs Schlüsselloch und sah Pa am Küchentisch sitzen, zusammen mit einer Flasche billigem Schnaps.

Mit schweren Schritten ging ich die Treppe hinauf. Amy war bei den Jungs drüben. Ich trat ans Fenster, öffnete es und lehnte mich hinaus. Es hatte plötzlich aufgehört zu regnen und die Sonne setzte erneut ihr sommerliches Recht den Wolken gegenüber durch. Ein Regenbogen spannte sich quer über den See und spiegelte sich im Wasser. Ich blickte weit hinter den See, dorthin, wo das kleine Waldstück liegen musste, wo ich Klein Maggi begraben hatte. Ich würde nachher nochmal im Garten Rosen schneiden und sie ihr bringen.

Der Anblick verführte mich zu einem neuen Gedicht, in dessen Worte ich mich flüchten konnte.

Leis prasselt der Regen hernieder,
grauer Himmel über mir,
ach, wie sehn ich mich schon wieder,
nach der vergangenen Zeit mit dir.

Dort, ein Licht am Horizont,
mehr und mehr nehm´ ich es wahr,
der Regenbogen sagt es mir,
nicht fort bist du, sondern da.

Ich zog meine Schultasche unter dem Bett hervor und entnahm ihr ein noch unbeschriebenes Heft, ich würde es nicht mehr brauchen. Zusammen mit dem anderen Gedicht, das mir auf dem Nachhauseweg eingefallen war, schrieb ich es auf.

Ich schlug das Heft wieder zu und legte es zusammen mit meinem Füllfederhalter unter mein Kopfkissen. Dann schob ich meine Schultasche sorgsam zurück unters Bett, auch dies war ein Abschied für immer.

Ich war vierzehn. Vor ein paar Tagen war ich noch ein Kind, von einem Tag zum anderen war ich erwachsen geworden.

5

Ich streckte kurz den Kopf in das Zimmer der Jungs.

„Ich geh runter und mach uns was zu essen."

„Ich komm mit dir."

Amy stand auf und lief hinter mir her. Zusammen betraten wir die Küche.

„Was wollt ihr hier?", stieß Pa hervor, sein Gesicht war unrasiert, was durch seinen dunklen Haarwuchs umso mehr hervorstach und seine Augen gerötet, ob vom Alkohol oder ob er geweint hatte... ich wusste es nicht. „Verschwindet wieder!"

Ich spürte, wie Amy erschrak. Doch ich ließ mich nicht von ihm verunsichern.

„Ich mach uns was zu essen."

Ich war selbst erstaunt darüber, wie fest und kalt meine Stimme klang. Er sprang vom Stuhl auf und schneller als ich schauen konnte, hatte er Amy geohrfeigt.

„Geht!"

Mit weit aufgerissenen Augen hielt sich Amy die rote Wange und erschrocken zog ich sie an mich.

„Geh nach oben, Amy!", sagte ich mit ruhiger Stimme.

Sie machte auf dem Absatz kehrt und rannte hinaus. Mit zu Schlitzen verengten Augen sah er mich an, abwartend, was ich tun würde. Ich ging zum Schrank, ganz ohne Eile, und begann, das Brot zu schneiden. Ich hörte, wie er sich wieder auf den Stuhl plumpsen ließ, ich war ihm wohl zu anstrengend, ein Gluckern verriet mir, dass er die Flasche angesetzt hatte und in großen Schlucken trank. Auf dem Stuhl, auf dem Mom gesessen hatte, als ich das letzte Mal Brot geschnitten hatte...

Mit von Tränen brennenden Augen bestrich ich die Brote mit Marmelade, legte sie auf ein Tablett. Ich drehte mich um, sein Kopf war auf die Tischplatte gesunken, er schlief. Angewidert ging ich an ihm vorbei und brachte meinen Geschwistern das Essen nach oben.

Amy saß heulend auf Joshs Bett, der sie tröstend in seinen Armen wiegte. Die Tatsache, dass auch ihr die Tränen lautlos über die Wangen liefen, während ihr zitternder Körper an ihm lehnte, zerriss mir schier das Herz. Ihre Wange begann, sich blau zu verfärben und am liebsten wäre ich nach unten gegangen, um Pa zu verprügeln. Stattdessen setzte ich mich auf den Boden und stellte das Tablett auf meinem Schoß ab.

„Abendessen", meine Stimme war kaum mehr als ein Hauch.

Wie schnell sich das Leben doch ändern kann, es konnte seine Farbe wechseln wie ein Chamäleon. Von himmelhoch jauchzend bis zu Tode betrübt, dazwischen Grautöne. Würde das so bleiben?

Ich dachte, dass ich mir eigentlich nur eines wünschte: ein ganz normales Leben!

Abrupt wurde mir bewusst, dass meine Geschwister sich genauso fühlen mussten wie ich, Amy gar noch schlimmer.

Also setzte ich ein Lächeln auf, reichte ihr ein Stück Brot, tätschelte ihr Knie und bemühte mich um eine ruhige Stimme.

„Hier Amy, iss was. Ich hol dir was zum Kühlen."

Ich küsste sie auf den Scheitel, wie Mom es oft getan hatte und machte mich nochmals auf den Weg nach unten. Aus dem Augenwinkel konnte ich noch sehen, wie auch die Jungs nach dem Tablett griffen.

Während ich die Treppe hinunterlief, erinnerte ich mich an den Zirkus, der mal hier gewesen war. Sie hatten höflich gefragt, ob sie ihre Zelte hier auf unserer riesigen Wiese aufbauen dürften und Mom hatte eingewilligt, wir Kinder bekamen dafür freien Eintritt. Nie werde ich vergessen, wie wir mit großen Augen in dem großen Zelt saßen und die Vorstellung fasziniert genossen, es war für uns alle ein ganz besonderer Tag, der völlig vom Alltag abwich und wochenlang erzählten wir darüber. „Weißt du noch, der Elefant….?" Das Zelt war voll gewesen, denn für das ganze Dorf war das Spektakel eine willkommene Abwechslung gewesen. Mir persönlich hatten die lustigen Clowns am besten gefallen und ich fragte mich unwillkürlich, was die eigentlich taten, wenn sie in einer Krise steckten, einen schlechten Tag hatten? Ich kam zu dem Schluss, dass sie dennoch ihr Programm abspulen mussten, ganz egal, wie es ihnen ging, es war ihr Job, die Leute zum Lachen zu bringen.

Ich betrat die Küche, Dad saß immer noch schlafend auf dem Stuhl, den Kopf auf dem Tisch, die Arme baumelten herab, sein Mund stand offen und Spucke tropfte auf den Tisch, widerlich! Am liebsten hätte ich ihn vom Stuhl gestoßen, Moms Stuhl. Doch ich ging zur Waschschüssel, in der ich ein kleines Handtuch tränkte. Ich beeilte mich, nach oben zu kommen, damit es auch noch schön kalt war, die Küchentür hatte ich in meiner Eile offen stehen lassen, egal, Dad würde heute ganz sicher nicht mehr aufwachen. Vorsichtig hielt ich Amy den kühlenden Lappen an ihre schmerzende Wange, man konnte genau die Streifen erkennen, wo die Finger sie getroffen hatten. Ich schluckte. Amy war so klein und zierlich, ich war vor einem Jahr schon ein gutes Stück größer gewesen. Ich seufzte, hätte er doch mich geschlagen!

„Pass auf deine Geschwister auf…"

Ich machte meinen Job nicht sonderlich gut, dabei hatte es gerade erst begonnen. Wohin würde die Straße uns führen?

Mit hängenden Schultern ging ich hinüber in unser Zimmer und setzte mich aufs Bett. Die Sonne begann gerade unterzugehen, das Licht würde mir noch reichen. Ich zog das Heft und den Füllfederhalter unter dem Kissen hervor und schrieb:

He du, mein kleiner Clown,
du darfst nicht traurig sein,
es ist alles nur ein Traum,
und bald ist es vorbei.

Kleiner Clown, musst immer lachen,
für die Leute, die dich nicht weinen sehen
wollen,
musst immer lustige Sachen machen ,
über die Manege tollen.

Was immer auch passiert,
darfst es nicht merken lassen,
wie traurig du auch bist, wie sehr es dich berührt,
darfst dich nicht damit befassen.

Denn du, mein kleiner Clown,
du darfst nicht traurig sein,
es ist nur ein böser Traum,
und morgen ist alles vorbei.

Lache, kleiner Clown,
lache nur für mich,
tanze, springe, kleiner Clown,
sei lustig nur für mich.

Wisch' die Träne weg,
die dir in den Augen steht,
ist's auch noch ein weiter Weg,
der Kummer, der vergeht.

Ich schloss das Heft und schob es zurück, dann wischte ich mir die Träne aus meinem Augenwinkel und dachte, dass ich nun selbst so stark wie ein Clown sein musste. Ich stand auf und streckte meinen Rücken durch.

„Ich schaffe das!"

Ab dem nächsten Morgen ging Pa dann wieder zur Arbeit und wir alle atmeten erleichtert aus, wenn wir die Tür ins Schloss fallen hörten. Es wurde zum Alltag, dass er sich gleich abends nach dem Nachhause Kommen in der Küche betrank, bis er schließlich auf dem Stuhl sitzend einschlief. Abendessen brauchte ich ihm gar nicht erst anzubieten. Sollte mir recht sein. Wir gewöhnten uns an zu essen, bevor er heim kam und verzogen uns direkt nach oben. Er fragte nicht nach uns, sah nicht nach uns. Sollte er doch saufen, so lang er uns in Ruhe ließ!

Mit der Arbeit klappte alles reibungslos, wir hielten zusammen und arbeiteten Hand in Hand.

Auch das war gut so, wir hatten nicht viel Zeit zum Nachdenken und abends waren wir zu müde. Wir saßen lediglich am Abend in einem unserer Zimmer zusammen, um uns noch zu unterhalten, meist besprachen wir die Planung für den nächsten Tag. Moms Tod und Pas Verhalten schweißten uns zusammen wie nie zuvor, wir waren zu einer Einheit zusammengewachsen und unterstützten uns gegenseitig, wo wir konnten. Von Klein Maggi erzählte ich niemandem.

Jeden Tag, sofern die Zeit es zuließ, schnitt ich im Garten eine Handvoll Wildrosen, ich liebte diese Blumen, wobei ich mir täglich die Hände zerkratzte, lief zu ihrem Grab und legte sie darnieder. Manchmal erzählte ich ihr eine Geschichte oder sang ihr ein Lied vor und jedes Mal verließ ich sie mit den Worten „gib Mom einen Kuss von mir und sag ihr, dass ich mich um alle kümmere, sie braucht sich keine Sorgen zu machen." Dann küsste ich die feuchte Erde unter der sie lag und von der ich fein säuberlich das Unkraut fernhielt.

6

Unser so mühselig aufgebautes Scheinidyll währte nur so lange die Ferien andauerten. Josh hatte schon vor ein paar Wochen seine Arbeit angetreten und nun begann für den Rest der übliche, kindgerechte Alltag mit Schule, Hausaufgaben, lernen. Nur für mich nicht und manchmal dachte ich, ich würde in Arbeit ertrinken. Täglich bemühte ich mich, für meine Geschwister ein ordentliches Essen auf den Tisch zu bringen, ehe sie nach Hause kamen, doch oftmals wollte es mir nicht so recht gelingen. Manchmal war es angebrannt, oftmals zu viel oder zu wenig gewürzt, manchmal gar ungenießbar. Ich war eben doch noch keine richtige Hausfrau, sondern nur die Tochter, die der Mutter in der Küche geholfen hatte, doch war ich zuversichtlich, es noch zu lernen. Oder vielleicht war ich auch einfach prinzipiell eine schlechte Köchin, wer weiß. Doch das hoffte ich nicht, im Interesse meiner Geschwister und auch in meinem eigenen.

Wieder stand ich am Nachmittag in der Küche und versuchte mich an einer Gemüsesuppe. Die Gemüsebeete hatte ich am Morgen in Ordnung gebracht, geerntet was ich für die Suppe brauchte und ordentlich geputzt und kleingeschnitten. Ich probierte mit einem Löffel, doch ich konnte nichts schmecken, da ich mir die Zunge verbrannte. Vor Schreck ließ ich den Löffel fallen, der klirrend zu Boden fiel, was jedoch gleich darauf übertönt wurde von Terrys lautem Aufjaulen. Ich schaute aus dem offenen Küchenfenster, Dad stand im Hof, was tat der denn hier? Terry lag unweit von ihm im Gras und winselte, hatte er sie getreten?

„Mistvieh!", murrte er grimmig. Also wahrscheinlich. Er kam mit seinen schmutzigen Schuhen in die Küche gestapft, toll, nachher würde ich den Boden wischen müssen.

„Was machst du denn so früh hier?", fragte ich nicht unbedingt freundlich, doch er bedachte mich mit keinem Blick, ging zum Küchenschrank und griff nach einer Flasche des billigen Fusels, bevor er sich auf den Stuhl fallen ließ. Ich wartete, bis er einen kräftigen Schluck getrunken hatte, dann wiederholte ich meine Frage.

„Wieso hast du heute so früh Feierabend?"

Er ließ ein freudloses Lachen hören.

„Ich hab jetzt immer Feierabend!"

„Wie... wie meinst du das?", stieß ich hervor.

„Wie ich das meine? Ich sag dir, wie ich das meine! Sie haben mich gefeuert, diese Schweine!"

Wieder setzte er die Flasche an und trank.

Oh mein Gott! Hieß das, ich würde ihn jetzt jeden Tag hier hocken haben, von morgens bis abends? Das war bestimmt wegen seiner Sauferei passiert! Zu fragen traute ich mich denn doch nicht. Ich drehte mich auf dem Absatz um, hob den Löffel auf und rannte wütend hinaus, um nach Terry zu sehen. Sie lag noch an Ort und Stelle und schaute mir mit großen Augen zitternd entgegen. Ich ging in die Hocke und streichelte ihren Kopf.

„Gutes Mädchen, ist ja gut, alles gut."

Auf meine beruhigenden Worte hin stand sie auf, in geduckter Haltung zwar und eingezogenem Schwanz, aber vertrauensselig legte sie ihren Kopf auf meinen Schoß und ich nahm sie vorsichtig in die Arme. Gott sei Dank, sie schien in Ordnung zu sein.

Plötzlich hörte ich ein Zischen aus der Küche. Mist, die Suppe! Schnell stand ich auf und rannte hinein. Sie war übergekocht, der ganze Herd stand unter Wasser, auch das noch! Hastig schob ich den Topf von der Platte und legte den Deckel beiseite, wobei ich mir nun auch noch die Finger verbrannte. Was für ein blöder Tag! Es war so viel übergelaufen, dass die Suppe nicht mehr reichen würde, um alle satt zu bekommen, also füllte ich nochmal Wasser auf, wodurch sie an Geschmack verlor, worauf ich anständig nachwürzte, natürlich schmeckte sie nicht mehr wirklich und ich war echt wütend, als ich mich umwandte und fauchte: „Wieso hast du nicht danach gesehen?"

Verlorene Liebesmüh, er hatte die halbe Flasche geleert und schlief. Ich stellte den Topf auf die Platte zurück, um die Suppe warm zu halten, das Feuer darunter brannte nicht mehr genug, um sie nochmal zum Überlaufen zu bringen. Dann lief ich raus, lief zu Klein Maggi, beachtete nicht das strahlende Wetter, die fröhlichen Vögel oder gar das Reh, das mir über den Weg lief, ich musste mich einfach nur ausheulen, die Rosen hatte ich dieses Mal vergessen. Ich fühlte mich allein wie noch nie zuvor in meinem Leben und suchte

Trost bei ihr. Irgendwann sagte mir mein Zeitgefühl, dass es Zeit war nach Hause zu gehen, weil meine Geschwister bald kommen würden. Wie blind lief ich zurück, plötzlich war ich da...

Ich trug vier Teller und vier Löffel nach oben in das Zimmer der Jungs, tatsächlich kamen sie gleich darauf. Ich huschte in den Flur und legte meinen Zeigefinger an die Lippen zum Zeichen, dass sie leise sein sollten, dann deutete ich nach oben. Sie sahen mich mit fragenden Gesichtern an, folgten aber. Ich holte den Topf und stieg ebenfalls hinauf. Ich stellte das schwere Ding mitten auf dem Boden ab.

„Bedient euch!"

„Hm, lecker! Gemüsesuppe! Schwesterchen, du machst dich!", zog Josh mich auf und zupfte mich am Haar. Sie waren alle sehr hungrig und fielen auch sogleich über das Essen her. Als jeder seinen Teller randvoll geschöpft hatte, begannen wir zu essen.

„Das schmeckt nicht!", beschwerte David sich auch gleich darauf und verzog dermaßen das Gesicht, dass Amy und Josh anfingen zu lachen.

„Sorry, Anna, aber irgendwie...", begann Amy zaghaft.

„Schmeckt furchtbar!", bemerkte nun Josh ohne Umschweife und lachte. „Hast du darin die Socken gewaschen oder so?"

David und Amy kicherten unbeherrscht, während ich dasaß und einen roten Kopf bekam.

„Ach komm, Anna", Josh legte mir versöhnlich einen Arm um die Schulter, „wir essen es trotzdem!"

Nun musste ich selbst lachen, kurz vergaß ich meinen Kummer und wir alberten beim Essen herum wie Kinder, die wir nun mal waren.

Später erzählte Josh dann völlig begeistert von seiner Arbeit, es schien ihm dort wirklich sehr zu gefallen, seine Gesichtszüge entspannten sich völlig beim Gedanken an seinen Job und seine Stimme nahm einen schwärmerischen Ton an.

„Heute haben sie mir erlaubt, dass ich sie beim Vornamen nennen darf, stellt euch vor, Ed und Sarah, dabei sind sie doch meine Bosse! Und es ist nicht so, dass sie mich einfach nur die Drecksarbeit machen lassen, nein, sie wollen mir alles beibringen, so dass ich selbst irgendwann einen solchen Betrieb leiten könnte! Sie erklären alles, warum wann was getan werden muss, jeden Arbeitsvorgang. Sarah weiß alles über Bioanbau, ich darf jederzeit fragen, was ich möchte und sie sind trotzdem immer geduldig."

„Wie alt sind die denn?", wollte ich wissen.

„Hm, weiß nicht genau, so um die fünfzig, schätze ich."

Ich freute mich für meinen großen Bruder, dass er es so gut getroffen hatte, offensichtlich begann er eine Karriere. Ich ertappte mich dabei, wie sich ein leichtes Gefühl von Neid in mein Herz schlich, würde ich wahrscheinlich ewig dazu verdammt sein, hier zu bleiben, die Möglichkeit einer Lehre würde ich nicht bekommen. Doch mein schlechtes Gewissen, das sich auch gleich einstellte, schubste das böse Gefühl gleich wieder hinaus und versetzte ihm einen Tritt in den Hintern, worüber ich sehr froh war.

„Was ist denn Bioanbau?", fragte David und Josh erklärte es ihm.

„Schmeckt die Gemüsesuppe dann besser?", fragte David ernsthaft und Josh und Amy kringelten sich vor Lachen.

„Bestimmt!" Josh legte mir beschwichtigend eine Hand auf mein Bein, bevor er weiter erzählte. Er war so bei der Sache, dass er nicht merkte, wie ihm eine seiner dunklen Locken ins Gesicht fiel und verwegen vor seinem Augen herumtanzte und dabei immer wieder seine langen Wimpern berührte. Er würde bestimmt schon früh eine Frau finden, heiraten, selbst eine Familie gründen und weg gehen von hier, in ein Häuschen im Dorf ziehen und ich würde hier versauern. Da war es wieder! Schnell weg mit diesen hässlichen Gedanken! Ich gab vor, müde zu sein, und wünschte eine gute Nacht.

„Halt!", rief Amy mir nach, „Wieso war Pa heute eigentlich so früh zu Hause?"

Ich drehte mich noch einmal um.

„Weil er seinen Job verloren hat."

Ich schaute noch kurz in die entgeisterten Gesichter, dann ging ich in mein Zimmer und überließ meine Geschwister ihren eigenen Gedanken.

Ich schrieb in mein Heft.

Manchmal fühl ich mich so einsam,

dass ich einfach wein,

weiß nicht, wie es dazu kam,

bin viel zu viel allein,

fühl mich von aller Welt verlassen,

kein Mensch mit dem ich reden könnt,

beginn, mich selbst zu hassen,

in der Wüste der Einsamkeit verirrt.

In den Adern gefrorenes Blut,

geworden zu Eis, wie weh das tut,

keine Menschenseele,

bemerkt die Traurigkeit,

ausgetrocknete Kehle,

Wüste der Einsamkeit.

7

„Anna, du musst mir die Haare schneiden, ich sehe nix mehr!"

David stand vor mir, die Haare absichtlich über Augen und Nase gezogen. Ich lachte, er konnte wirklich nichts mehr sehen, viel zu lang, fast bis zum Kinn. Ich strich sie ihm zurück. Es war Wochenende.

Ich setzte ihn auf Moms Stuhl, Pa verbrachte mittlerweile seine Tag die meiste Zeit im Bett und kam in der Regel nur heraus, um Nachschub zu holen oder um zur Toilette zu gehen. Josh musste ihm Alkohol aus dem Betrieb mitbringen (er war nun schließlich der, der das Geld nach Hause brachte). Nur selten ruderte er auf den See hinaus und fischte. Wahrscheinlich tat er es nur, weil ab und an vielleicht doch noch das Gefühl durchbrach, er müsse auch etwas tun. Aber wenn er nichts fing, war er richtig böse, wenn er wieder reinkam und ließ seine schlechte Laune an mir aus. Er lief dann absichtlich mit seinen matschigen Schuhen in die Küche, beschimpfte mich, was für eine schlampige Hausfrau ich sei und dass ich nichts Ordentliches auf den Tisch brächte, dabei aß er sowieso kaum. Kurzum, ich war froh, wenn er einfach im Bett blieb, so konnte ich wenigstens in Ruhe meine Arbeit tun. Ich selbst war der Meinung, dass ich mich wirklich verbessert hatte. Vor einer Weile hatte ich in einer Schublade ein Heftchen gefunden, in das Ma mit ihrer verspielten Handschrift einige ihrer Rezepte notiert hatte. Für mich war es wie ein Weihnachtsgeschenk, als ich es fand. Jedes Mal, wenn ich es benutzte, strich ich ehrfurchtsvoll mit meinen Fingern darüber, als wollte ich es streicheln und wenn ich dann eines ihrer Rezepte ausprobierte war es, als sei sie hier und ich würde mit ihr zusammen kochen.

Ich hatte David ein altes Geschirrtuch vorne ins T-Shirt gesteckt und ging nun langsam und ratlos um den Stuhl herum. Wie sollte ich das eigentlich anfangen? Ma hatte uns immer die Haare geschnitten…

Hilft alles nichts! Also griff ich entschlossen zur Schere.

„Pass auf, ich schneide jetzt nicht gleich auf die richtige Länge, sondern fange weiter unten an, zum Üben."

Er petzte fest seine Augen zusammen. Im Gegensatz zu uns anderen hatte er das glatte Haar von Mom, das sollte doch nicht so schwer sein! Ich schnitt zunächst einmal außen rum, so einen Zentimeter der Gesamtlänge, dann trat ich triumphierend vor ihn hin. Als ich ihn aber kämmte musste ich feststellen, dass alles schief war, das reinste Zickzackmuster.

„Oh je…"

„Was denn?", er riss die Augen auf.

„Ach, nichts, ähm… lass mich überlegen."

Ich biss mir auf die Unterlippe und sah mich suchend um, als ich tatsächlich eine Idee hatte. Ich ging zum Küchenschrank, suchte eine passende Schüssel aus und setzte sie ihm auf den Kopf. David kicherte.

„Was wird das denn?"

„Siehst du, die passt! Jetzt muss ich nur noch am Rand entlang schneiden und alles ist gerade und auf der richtigen Länge!"

Stolz auf meine Klugheit griff ich erneut zur Schere und machte mich eifrig ans Werk. Mit stolzgeschwellter Brust nahm ich ihm schließlich die Schüssel vom Kopf, er beugte sich nach vorne und schüttelte den Kopf, so dass sich die feinen Härchen überall auf dem Küchenboden verteilten, da kam Amy gerade herein.

„So, ich habe den Waschraum gep… was tut ihr da?"

„Siehst du doch, ich hab David die Haare geschnitten."

Ihr süßer Mund verzog sich zu einem erstaunten Oh.

„Stimmt, das musst ja nun auch du machen, wo Ma..."

Neugierig trat sie näher, um mein Werk zu begutachten. David hatte sich wieder aufgesetzt und ich begann, ihn zu kämmen. Naja, ganz so gut war es anscheinend doch nicht geworden... okay, milde ausgedrückt. Amy fing an zu lachen.

„Die muss man nur nass machen!", wehrte ich mich empört.

Nun kam auch noch Josh gerade von der Arbeit heim, er prustete laut los, kaum, dass er die Küche betreten hatte und hielt sich den Bauch, was Amy natürlich noch mehr anspornte. David rannte ins Bad, um die Katastrophe zu begutachten. Gleich darauf kam er zurück.

„Also, ich find´s gut so!", bestimmte er versöhnlich, „wenigstens sehe ich wieder was."

Er kam her und drückte mich und ich strich ihm dankbar durch sein Haar, woraufhin er sich im Nacken kratzte.

„Das juckt, ich geh mich jetzt waschen."

„Och nee", maulte Amy ihm hinterher, „gerade hab ich den Waschraum geputzt."

Ich ergab mich. „Ich helfe dir, das Wasser am Brunnen zu holen."

Als Josh am Montagabend von der Arbeit nach Hause kam, verkündete er feierlich: „Leute, ich hab gute Nachrichten! Sarah wird uns allen die Haare schneiden! Ed sagt, sie macht das richtig super."

Er strahlte und zur Bestätigung zog er nun seine Mütze ab. Na gut, sie waren wirklich perfekt geschnitten, aber ich war dennoch beleidigt.

„Ich lern das schon noch!", motzte ich.

„Ach Anna, du musst doch eh schon alles hier fast alleine machen."

„Das stimmt!", sprang David ihm zur Seite, „und du", er zeigte mit dem Finger auf Josh, „musst die ganze Männerarbeit alleine machen, Pa macht ja gar nix mehr!"

„Wie meinst du das?"

Zu Tode erschrocken wandten wir uns zur Küchentür. Da stand er. Groß, hager, mit eingefallenen Wangen, Rändern unter seinen roten Augen, wie eine dunkle Bedrohung. Es war so still, dass man eine Stecknadel hätte fallen hören und wir hielten den Atem an und ich spürte, wie das Blut aus meinem Gesicht wich. Was würde er tun? Doch Pa wandte sich ab und ging raus. Wir stürzten zum Küchenfenster und sahen ihm nach, wie er ins Boot stieg. Puh! Wir alle atmeten erleichtert auf. Das hätte ins Auge gehen können.

Irgendwann durchbrach David die lähmende Stille.

„Cool, morgen gibt´s Fisch."

Doch keiner von uns lachte, der Schreck saß zu tief.

Die Woche ging vorbei, ohne besondere Vorkommnisse. Am Samstag waren die Kleinen wieder bei mir zu Hause, Josh bei der Arbeit. David versorgte das Vieh, ich war draußen Wäsche machen und Amy putzte im Haus. Ich sah meine Fingerknöchel, wie sie immer röter wurden, während ich die Wäsche energisch über das Waschbrett schrubbte, um die Flecken herauszubekommen, als Amy laut rufend angerannt kam. Ich schaute gleich auf, ihr Gesicht war rot vor Aufregung und so war ich schon aufgestanden, bevor sie bei mir angelangt war.

„Was ist denn los?"

Sie war völlig außer Puste.

„Anna, schnell... komm! David..."

Gemeinsam rannten wir zum Haus, meine Beine schienen mir bleischwer zu sein, ich dachte, David hätte einen Unfall gehabt, sei schwer verletzt, sah Blut vor mir... Innerhalb von Sekunden spielten sich die schlimmsten Bilder vor meinem geistigen Auge ab. Doch es traf mich völlig unerwartet.

Als ich endlich in der Küche ankam, blieb ich abrupt stehen. Bei dem Anblick, der sich mir bot, schnürte sich mir die Kehle zu, alles Blut schien meinem Körper zu entweichen und meine Knie drohten nachzugeben.

Pa saß auf Moms Stuhl, mit seinem Gürtel in der Hand, vor ihm kniete David auf einem Holzscheit, die Oberkante nach oben, von seinen Knien lief Blut in kleinen Rinnsalen und das Holz saugte es auf und färbte sich rot. Sein Kopf war gebeugt, mit hängenden Schultern kniete er da, zerbrechlich wie ein Häufchen Elend. Er war völlig bleich im Gesicht und Tränen flossen ihm unaufhörlich über die Wangen und sammelten sich am Halsausschnitt seines Shirts, wo sie in nassen Flecken endeten.

„Hör sofort damit auf!", stieß ich hervor und meine Stimme bebte. Pa reagierte nicht, so schrie ich, hysterisch und schrill wie nie in meinem Leben, gellte meine Stimme durchs Haus. David reagierte kein bisschen, erhob noch nicht einmal den Blick, zuckte nicht mit der Wimper. Nur Dad erhob sich langsam. Ich ging einen Schritt auf ihn zu, entschlossen, angstfrei, voller Hass. Er mochte es spüren, denn auch er ging auf mich zu, alles erschien mir wie im Zeitlupentempo, bis er ganz dicht vor mir stand und ich meinen Kopf anheben musste, um ihm in die Augen zu sehen. Doch plötzlich ging alles ganz schnell. Er packte mich hart an der Schulter und riss mich herum, dann fühlte ich nur noch den brennenden Schmerz auf meinem Rücken, als er mit seinem Gürtel zuschlug, spürte, wie sich der Dorn der Gürtelschnalle in mein Fleisch bohrte, wieder und wieder schlug er zu, er konnte nicht mehr aufhören und seine Schläge wurden immer unkontrollierter. Er achtete nicht mehr darauf, wohin er schlug, ich war starr vor Angst und Schmerz, unfähig zu schreien, nur die Hände hielt ich vor mein Gesicht, ergab mich in mein Schicksal, wissend, dass ich ihm wehrlos ausgeliefert war. Wie durch einen Schleier nahm ich wahr, dass Amy aber die ganze Zeit schrie, ein einziger, nicht enden wollender Schrei und dass sie David von dem Holzscheit heruntergezogen hatte und zur Tür schob. „Bring ihn in Sicherheit!", war alles, was ich rufen wollte, doch ich konnte es nicht, mein Körper bestand nur noch aus Schmerz, als es vor meinen Augen begann zu flimmern und ich Sternchen sah. Mir wurde plötzlich schlecht und ich musste mich übergeben, während ich fast von Sinnen zu Boden sank. Ich lag in meinem Erbrochenen, doch ich konnte es nicht sehen, nur riechen, wie der säuerliche Geruch in meine Nase stieg. Nun war ihm auch mein Gesicht ausgeliefert, dachte ich noch, als mich eine Ohnmacht von meinem Leid erlöste.

8

Verschwommen nahm ich aufgeregte Stimmen wahr, konnte jedoch die Worte nicht verstehen. Es dauerte eine ganze Weile, bis ich richtig zu mir kam und die Stimmen sich entwirrten.

„Ich glaube, sie kommt zu sich." Das war Amy.

„Anna? Anna, kannst du mich hören?", fragte nun Josh und seine Stimme klang sehr besorgt.

„David...", stammelte ich nur, noch nicht fähig, die Augen zu öffnen. Ich versuchte es und schließlich schaffte ich mit dem linken Auge einen schmalen Spalt, doch das Licht blendete mich so sehr, dass ich es gleich wieder schloss. Außerdem kam der Schmerz zurück. Ich erinnerte mich langsam daran, was geschehen war und versuchte nun doch zwanghaft, die Augen aufzubekommen, aber scheinbar waren sie so verschwollen, dass es gerade mal möglich war, schemenhafte Gestalten auszumachen.

„Oh mein Gott, Anna!"

Josh strich so zaghaft über meinen Handrücken, als wüsste er nicht, wo er mich anfassen solle.

„Wie geht es David?", meine Stimme war kaum ein Flüstern.

„Es… es geht ihm gut, Anna, es sind nur die Knie, er ist in seinem Zimmer."

War Amy sicher, dass es ihm gutging?

„Es tut so weh!" Tatsächlich fühlte sich mein ganzer Körper wie eine einzige Wunde an.

„Josh, was können wir tun?" Amys Stimme klang weinerlich und verzweifelt und plötzlich erkannte ich wieder das kleine Kind in ihr, das sie verdrängte, jedes Mal, wenn sie zu Hause Verantwortung übernahm. Josh räusperte sich unentschlossen, doch dann fühlte ich seine starken Arme, die sich unter meinen Körper schoben und mich so sanft wie möglich anhoben, dennoch tat es höllisch weh, doch ich biss die Zähne zusammen.

„Keine Angst, Anna, wir müssen das kühlen, dann wird es besser."

Er trug mich hinunter zum See. Ich realisierte es aber erst, als er mich ablegte wie ein rohes Ei und ich das kalte Nass spürte, zuerst am Rücken, dann an Beinen und Armen und schließlich am ganzen Körper. Ich stöhnte, doch die Kälte des Wassers war tatsächlich eine Wohltat. Er hielt meinen Hinterkopf, sodass letztlich ausschließlich mein Gesicht aus dem kühlen Nass ragte und Amy träufelte vorsichtig mit ihren Händen Wasser über mein Gesicht.

In diesem Moment wäre es mir am liebsten gewesen, sie hätten mich einfach hier liegen gelassen. Ja, einfach hier liegen und sterben, dann wäre alles vorbei. Doch das konnte ich ihnen nicht antun, sie brauchten mich.

Wir mussten hier schon eine halbe Ewigkeit verharren, denn ich konnte spüren, wie Joshs starke Hand unter meinem Hinterkopf zitterte. Hatte ich geschlafen? Ich wusste es nicht, jedenfalls war ich jetzt wach.

„Wo ist Pa?", fragte ich mit bebender Stimme.

„Er schläft", antwortete Josh kurz angebunden.

„Pah!", stieß Amy hervor, „Josh ist heimgekommen und hat ihm dermaßen eine reingehauen!", erklärte sie nicht ohne Stolz auf ihren großen Bruder, dann fügte sie mit leiser Stimme hinzu: „Gerade noch rechtzeitig, ich glaub, er wollte dich totschlagen. Er war völlig irre und hat einfach nicht mehr aufgehört." Ich hörte, dass sie weinte.

„Das hab ich gemerkt!", warf ich sarkastisch ein, „aber Unkraut vergeht nicht!"

Komisch, wie sich andere Sinne verstärkten, wenn einer davon ausgeschaltet war. Ich konnte sie nicht sehen, aber ich wusste, dass sie sich etwas entspannte. Sah ich so schlimm aus?

„Ich versuche aufzustehen", beschloss ich.

„Lass das lieber, ich kann dich wieder tragen!"

„Nein, lass es mich versuchen."

Josh zog mich vorsichtig hoch, doch meine Beine schwankten zu sehr, mein ganzer Körper war zu zittrig, außerdem sah ich fast nichts, meine Augen waren völlig zugeschwollen. Kurzentschlossen nahm er mich wieder auf seine kräftigen Arme, trug mich zurück zum Haus, die Treppe hoch und legte mich sanft auf mein Bett.

„Ich glaube", Amy räusperte sich, „Pa hatte nur darauf gewartet, dass Josh nicht da war... ich sehe mal nach David."

Fast geräuschlos verließ sie das Zimmer. Josh saß die ganze Nacht an meinem Bett, er war immer da, jedes Mal wenn ich aus meinen kurzen Albträumen erwachte und leise vor mich hin wimmerte, hielt er meine Hand. Amy tauchte in dieser Nacht nicht mehr auf.

Ich war froh, als die Nacht endlich vorbei war und die ersten Sonnenstrahlen des Tages das dunkle Grauen, das mich umgeben hatte, etwas milderten. Der Schmerz, der meinen Körper besaß, war unerträglich, doch wenigstens die Augen bekam ich nun so weit auf, dass ich etwas sehen konnte.

„Wie geht´s dir?" Joshs Gesicht sah verhärmt aus, blass und müde.

„Wie geht es dir?", wiederholte er seine Frage.

Tja, wie ging es mir? Mühsam drehte ich mich zur Seite und stöhnte und ich fragte mich, ob Pa mir einen heilen Flecken Haut übrig gelassen hatte. Langsam schob ich zuerst ein Bein, dann das andere vom Bett, dann stützte ich mich ächzend mit dem Ellbogen auf. Ich sah an mir herunter. Meine Kleidung war voller Blut, das im See nicht rausgegangen war und die Körperteile, die ich sehen konnte mit Striemen übersät, an manchen Stellen reichten die Wunden bis zum Fleisch. Aber immerhin, ich konnte mich bewegen und wieder sehen.

„Besser."

„Gut, dann sehe ich jetzt mal schnell nach David und Amy, ich komm gleich zurück."

Er streichelte mir noch kurz über den Arm, dann verschwand er.

Stück für Stück versuchte ich mich hochzuhieven, bis ich endlich auf wackeligen Beinen stand. Schritt für Schritt, mich an der Wand entlanghangelnd, bewegte ich mich Richtung Tür. Es schien ewig zu dauern, bis ich das Zimmer der Jungs erreichte, obwohl es doch nur wenige Schritte waren. Die Tür stand offen. Ich hörte, wie Amy und Josh abwechselnd auf David einredeten. Ich näherte mich, lautlos aufgrund meiner langsamen, vorsichtigen Bewegungen, bis ich meinen kleinen Bruder sehen konnte. David lag auf dem Bett, starrte zur Decke und reagierte auf kein Wort meiner Geschwister. Es war, als wäre er nicht hier.

„Was ist mit ihm?"

Erschrocken blickten Amy und Josh auf.

„Nichts, alles in Ordnung! Geh wieder ins Bett!"

Josh stand auf und schloss die Tür. Ich ließ mich auf den Boden sinken, um zu warten, bis einer von ihnen das Zimmer verließ. Die Kraft, die Tür zu öffnen und hineinzugehen, brachte ich in diesem Moment nicht auf.

Ich war wohl eingeschlafen, denn ich erschrak, als Josh mich unerwartet berührte. Das

Zusammenzucken meiner Muskeln schmerzte erheblich und ich stöhnte auf.

„Komm, Anna, ich bring dich wieder ins Bett."

„Ich muss zuerst nach unten, auf die Toilette."

„Ich bring dir einen Eimer hoch."

Er verschwand und kam tatsächlich gleich darauf mit einem leeren Eimer nach oben, den er mir ins Zimmer stellte. Er stützte mich bis zum fraglichen Objekt, dann verließ er diskret das Zimmer und schloss die Tür hinter sich. Ich entleerte meine Blase, dann sank ich auf mein Bett. Josh dachte sich wohl, dass es mir peinlich war, offensichtlich hatte er Amy hereingeschickt, um nach mir zu sehen.

„Wie geht es dir?", fragte sie mit einem gespielt heiteren Gesichtsausdruck.

„Was macht Pa?", fragte ich mit einem ängstlichen Zittern in der Stimme.

„Josh war ja gerade unten", ihr Blick fiel auf meinen Eimer und ich errötete, „er sagt, Pa hätte sich mit einer neuen Flasche in sein Bett verkrochen. Der Mistkerl!" Ihr Gesicht verzog sich zu einer zornigen Grimasse.

„Und was ist mit David?"

Sie wollte sich abwenden und auf den Eimer zugehen, doch ich griff nach ihrem Unterarm und zog sie zu mir aufs Bett.

„Sag schon!"

Sie senkte den Blick und starrte auf das Leinen, erst als ich mit leichtem Druck auf ihren Arm nachhalf, rückte sie schließlich heraus.

„Er liegt da und starrt an die Decke, die ganze Zeit", eine Träne kullerte aus ihrem Auge und tropfte auf meine Decke, „ er liegt da und spricht kein Wort, bewegt sich kein bisschen, kaum, dass er mal mit den Augen blinzelt."

Eine ganze Weile saßen wir schweigend da und ich streichelte ihren Daumen, bis ich schließlich sagte: „Er wird bestimmt wieder!", doch ich konnte selbst die Unsicherheit aus meiner Stimme heraushören.

„Ja", sagte sie leise, „lassen wir ihm etwas Zeit, dann ist er wieder der alte, freche David."

9

Josh musste am nächsten Tag zur Arbeit, doch Amy und David blieben von der Schule daheim. David, weil er sich noch immer nicht rührte, und damit meine ich in keinster Weise, sein Zustand war unverändert. Amy, weil sie sich für mich und David verantwortlich fühlte, sich um das „Krankenlager" kümmerte. Schließlich legte ich mich in das Zimmer der Jungs, auf Joshs Bett, um ihr die Arbeit zu erleichtern, nachdem ich bemerkt hatte, wie sie versuchte sich zweizuteilen. Ich aß meine Suppe selbst, doch David musste sie füttern. Sie hatte ihm ein Kissen in den Rücken gestopft, so dass er halbwegs eine Sitzposition eingenommen hatte. Doch er öffnete nur mechanisch den Mund, wenn sie den Löffel an seine Lippen führte, ohne Amy selbst auch nur irgendwie wahrzunehmen. Noch immer starrte er die Decke an, als ob sie weiß Gott wie interessant wäre. Natürlich troff die Hälfte wieder aus seinem Mund heraus, doch Amy ließ sich nicht beirren, unermüdlich fütterte sie weiter, bis der Teller leer war bis auf den letzten Tropfen und redete mit ruhiger Stimme ununterbrochen auf ihn ein.

Am nächsten Tag ging es mir besser und ich traute mir zu, wenigstens David und mich zu versorgen, weshalb ich darauf bestand, dass Amy wieder zur Schule ging. Außerdem, so dachte ich, würde es meiner Seele guttun, einfach wieder aufzustehen und ein bisschen Normalität eintreten zu lassen. Sie protestierte zwar, wusste aber auch, dass es mächtig Ärger geben würde, wenn beide unentschuldigt fehlten, so konnte sie Bescheid geben, dass David krank wäre.

Ich schlich an die Schlafzimmertür und öffnete sie einen Spalt, da hörte ich auch schon das laute Schnarchen, woraufhin ich die Tür schnell wieder schloss, mehr wollte ich nicht wissen. Ich schlurfte zum Waschraum, ich roch furchtbar. Amy, die gute Seele, hatte die Waschschüssel mit frischem Wasser gefüllt.

Da fiel mir ein, dass ich nachher einen Lappen und eine Waschschüssel mit nach oben nehmen musste, um David zu waschen. Ich verriegelte die Tür und zog mich vorsichtig aus, frische Kleidung hatte ich mir mit herunter genommen. Als ich nackt war, stellte ich mich vor den Spiegel und betrachtete mich. Erschüttert begann ich, mich um meine eigene Achse zu drehen. Mir war klar gewesen, dass ich einiges abbekommen hatte, aber stellenweise erinnerten mich meine Wunden an rohes Hackfleisch, wo sich am Rücken der Dorn des Gürtels in meine Haut gebohrt hatte, hing die Haut in Fetzen herunter. Es gab kaum einen Flecken an meinem Körper, der nicht blau, rot, gelb, grün oder lila war.

Dennoch, dachte ich trotzig, würden meine Wunden verheilen, vielleicht würden ein paar Narben bleiben. Aber... was war mit David?

Unvermittelt fragte ich mich, was Pa uns noch antun konnte?! Mir fiel nichts ein...

Vorsichtig begann ich, meinen Körper mit dem nassen Lappen abzutupfen. Es dauerte ewig, mich einigermaßen zu waschen. Dennoch fühlte ich mich wesentlich wohler, nachdem ich in die frische Kleidung geschlüpft war. Mein Körper brannte wie die Hölle, aber ich fühlte mich sauber- und lebendig!

David ließ die Wäsche über sich ergehen, ohne jede Reaktion, ohne jede Mithilfe, ich hatte meine Zweifel, dass er überhaupt bemerkte, dass er gewaschen wurde. Automatisch schweifte mein Blick zu der Stelle an der Decke, zu der er starrte, doch da war nichts Außergewöhnliches. So gegen zehn Uhr humpelte ich mit einem kleinen Strauß Wildrosen in der Hand um den

See. Ich setzte mich ächzend neben Klein Maggis Grab und gab ihr die frischen Blumen.

„Hallo, Klein Maggi", ich legte meine zitternde Hand auf die trockene Erde und betrachtete nachdenklich das kleine Kreuz, das ich für sie gebaut hatte. Dann erzählte ich ihr alles, was geschehen war und wie es David, ihrem großen Bruder ging. Sie war eine gute Zuhörerin... Schließlich ermahnte ich sie, Mom nichts von alledem zu sagen, sie sollte sich keine Sorgen machen!

„Weißt du, Kleines, bald werde ich dir keine Rosen mehr bringen können, du weißt ja, der Herbst... aber ich lasse mir dann was anderes einfallen", versprach ich ihr, „ja, ich lasse mir was einfallen", und mir war, als flüsterten mir die kleinen roten Blüten eine beschwichtigende Antwort zu. Sacht streiften meine Lippen die Erde, unter der meine kleine Schwester lag und langsam humpelte ich zurück, um nach David zu sehen. Er lag unverändert und so huschte ich kurz nach oben und schrieb in mein Heft.

Dunkelrote Rose,

wie spitz ist doch dein Dorn,

kleine Stiche, große,

fügst du zu im Zorn,

doch nichts ist dein Stich,

gemessen an bösem Wort,

drum bin ich nicht ärgerlich,

so wachse in einem fort.

Ich gewöhnte mir an, David morgens hinunterzuführen und auf einen Küchenstuhl zu setzen, ich wollte nicht, dass er den ganzen Tag allein oben war. Er machte die Schritte ganz mechanisch, ohne mich wirklich dabei zu registrieren, in blindem Vertrauen. Der Gedanke, dass er mir bei der Küchenarbeit zusah, war mir tröstlich und ich unterhielt mich dabei mit ihm, auch wenn es sich hierbei um Monologe handelte.

Josh hatte zwar den Dorfarzt geholt, um nach ihm zu sehen, der konnte jedoch nur eine plötzlich eingetretene Lethargie feststellen und sah sich außerstande, ihm zu helfen.

Meine Wunden heilten, wie vorhersehbar blieben einige Narben, vorrangig am Rücken und einige auf den Armen, doch wenigstens mein Gesicht sah wieder aus wie vorher. Jeden Morgen erntete ich im Kräutergarten verschiedene Kräuter und bereitete David Tee zu, in der Hoffnung, dass vielleicht eines dabei war, das ihm half. Mit einigen der Kräutern kannte ich mich aus, doch nicht mit allen, so wie Mom. Die überschüssigen Kräuter trocknete ich sorgsam, beschriftete sie, weil sie getrocknet manchmal nicht mehr zu erkennen waren und mischte in kleinen Dosen entsprechend Magen-

Darmtee, Nierentee, für den Fall, dass sich einer von uns eine Blasenentzündung zuzog, und Erkältungstee.

Die Sommerarbeiten neigten sich dem Ende und ich ging in den Keller, um eine Bestandsaufnahme zu machen. Wir hatten drei große Körbe Kartoffeln, vier Körbe Äpfel, zwei Körbe Zwiebeln. Aus überschüssigem Obst hatte ich Marmelade gekocht und so befanden sich im Regal fünf Gläser Erdbeermarmelade und acht Gläser Pfirsichmarmelade. Ich untersuchte das nächste Regal, wo ich das eingemachte Gemüse ordentlich aufgereiht hatte und begann zu zählen. Elf Gläser Gürkchen, sieben Gläser Möhren, achtzehn Gläser Bohnen und sechsundzwanzig Gläser Tomaten. Damit mussten wir also über den Winter kommen. Ich leckte mir über die Lippen bei dem Gedanken an Moms köstliche Tomatensoße. Zeit, Nudeln zu machen. Ich stieg die dunkle Treppe wieder nach oben, froh der Kälte und dem modrigen Geruch zu entkommen.

Außerdem hatte ich jede Menge Spinnweben wahrgenommen, ich musste mal wieder mit dem Besen runter.

„So David, heute machen wir Nudeln!", verkündete ich, als ich die Küche wieder betrat und holte das Rezeptheft meiner Mutter aus der Schublade. Ich blätterte eine Weile darin herum, bis ich es fand.

Ich häufte also Mehl mit Hartweizengrieß und Salz auf ein Brett, dann drückte ich in die Mitte eine Mulde, in die ich Eier und Öl hineingab. Dann verquirlte ich Eier mit etwas Mehl und etwas Wasser. Ich war eifrig bei der Sache und strich mir immer wieder das Haar aus dem Gesicht. Half alles nichts, auch ich würde zu Joshs Chefin gehen müssen, um sie zu bitten, mir die Haare zu schneiden. David würde ich dann gleich mitnehmen. Mit dem Handballen so lange durchkneten, bis ein glatter, formbarer Teig entsteht, las ich weiter, okay. Der Teig ist optimal, wenn er sich vom Holzbrett löst und die Oberfläche glänzt. Perfekt, das tut er! Ich hatte einen roten Kopf, so konzentrierte ich mich. Ich formte meinen perfekten Teig zu einer Kugel und deckte ihn mit einem sauberen Geschirrtuch ab. So, jetzt dreißig Minuten ruhen lassen, Amy und Josh würden Augen machen! Seit Mom nicht mehr da war, hatte es keine Nudeln mehr gegeben. Ich setzte mich zu David an den Tisch, da sah ich erst, dass ich über und über mit Mehl bestäubt war. Was soll's, ich muss heute Mittag sowieso Wäsche waschen, dachte ich resigniert.

„David, heute Abend sag ich Josh, dass er Sarah fragen soll, ob wir beide zum Haareschneiden kommen dürfen."

Er sah noch nicht einmal auf. Seufzend erhob ich mich wieder vom Stuhl und spannte die Nudelleine quer durch die Küche, indem ich sie einmal an einem Schrankgriff und einmal an der Lampe festband. Dann holte ich das Nudelholz aus dem Küchenschrank, es lag schwer in meiner Hand.

Die halbe Stunde war um und ich nahm das Tuch vom Teig, den ich auf dem Brett dünn auswellte. Dann schnitt ich endlos viele schmale Streifen, die ich behutsam zum Trocknen über die Leine hing. Das würde ich nun öfter machen, um uns auch einen Nudelvorrat zu beschaffen.

Zwischendurch hörte ich, wie Pa nach draußen ging. Ich hörte das Knarren der Klotür und gleich darauf kam er wieder ins Haus, ohne aber in die Küche zu kommen. Er ging auf direktem Weg wieder ins Bett. Seit seinem Ausraster hatte er uns Kinder nicht mehr beachtet, er tat einfach, als wären wir nicht hier.

Und wir waren froh darüber.

10

Am nächsten Abend schon kam Josh mit positiven Nachrichten nach Hause.

„Ich hab Sarah gefragt, wegen dem Haareschneiden. Sie hat gemeint, wir sollen doch Sonntag alle zusammen kommen, sie lädt uns zum Essen ein und danach schneidet sie euch die Haare."

Na, das war mal ein Angebot! Ein Tag, an dem ich nicht zu kochen brauchte und die Haare gemacht bekam! Hastig holte ich das Bügeleisen und stellte es zum Heißwerden auf den Herd. Joshs breites Grinsen entging mir nicht.

„Ich muss unsere Sonntagskleidung bügeln!", erklärte ich mit hochgezogenen Augenbrauen.

Er musterte mich feixend. „Bist auch so hübsch genug!" Unversehens wuschelte er mir durchs Haar.

„Hey!", protestierte ich lautstark und schlug seine Hand weg.

„Keine Angst, wenn du deine neue Frisur hast, mach ich das nicht mehr. Was gibt´s denn heut zum Essen?"

„Nudeln mit Tomatensoße."

„Du bist die Beste!", stellte er versöhnlich fest.

Beim Essen geschah dann ein kleines Wunder. Gebannt hielten wir alle beim Essen inne und sahen ihm zu, wie er selbst zur Gabel griff und Nudeln herumzuwickeln begann. Mein Herz erstrahlte in einer Wärme, wie ich sie nicht für möglich gehalten hatte und ich fragte mich unvermittelt, ob Mom so gefühlt hatte, wenn eines von uns Kindern laufen lernte oder so. David ignorierte unser Staunen und aß in aller Seelenruhe seinen Teller auf. Er sprach weiterhin kein Wort, doch ich hatte das Gefühl, dass er lebte, nicht mehr ganz so tief schlief in seiner dunklen Nacht. Sprachlos aßen wir selbst schließlich weiter, konnten aber die Blicke nicht von ihm lassen.

Am Sonntag wachte ich sehr früh auf, so aufgeregt war ich wegen des Besuchs bei Sarah und Ed. Es war mir wichtig, dass wir Josh nicht blamierten und einen guten Eindruck machten. Nochmal kurzer Check: Die Sonntagskleider hingen gebügelt ordentlich auf Kleiderbügeln, genau wie Joshs und Davids Hemden. Auch die Hosen der Jungs hatte ich aufgebügelt und sorgfältig über einen Stuhl gehängt. Ich hüpfte aus dem Bett und schaute aus dem Fenster. Das Wetter war gut, es war nicht mehr so heiß und so würden wir auf dem langen Fußmarsch nicht zu sehr ins Schwitzen kommen. Ich sah dem Sonnenaufgang zu, der die Welt in rosa Licht tauchte, sah zu, wie sie langsam über die Baumwipfel glitt und den See erreichte. Ich dachte an Maggi, die eigentlich dabei sein sollte…

Ach, Blumen natürlich! Die sollte man mitbringen, wenn man eingeladen war. Ich würde nachher für Sarah einen Strauß schneiden. Es würde einer der letzten sein für dieses Jahr, die Blütezeit war nun wirklich fast vorbei, teilweise hatten sich schon Hagebutten gebildet. Amy schlief noch und so nahm ich mein Heft und schrieb mit einem Lächeln auf den Lippen.

Rosarote Wolke,

du kennst keine Sorgen,

die allerschönsten Träume,

sind in dir verborgen.

Wenn ich an dich denke,

so wird mein Herz ganz leicht,

oh rosarote Wolke,

wie schnell du doch verbleichst.

Ich wandte mich um und zog Amy die Decke weg.

„Aufstehen! Wir müssen uns waschen!", trällerte ich gutgelaunt. Sie wollte die Decke wieder hochziehen, doch ich warf sie auf den Boden. Dann ging ich zur Zimmertür der Jungs und klopfte laut. „Aufstehen, ihr Schlafmützen!"

Ich horchte kurz, hörte ein leises Grummeln und Gemurmel und ging davon aus, dass sie sich im Aufwachstadium befanden. Ich hüpfte die Treppe hinunter und ging hinaus. Nachdem ich Terry ausgiebig begrüßt hatte, ging ich auf die Toilette. Es war noch frisch und ich fröstelte leicht in meinem Hemd. Ich beeilte mich, zurück ins Haus zu kommen. Heute bleibt die Küche kalt, dachte ich grinsend und huschte in den Waschraum. Die Waschschüssel hatte ich mir gestern Abend schon frisch aufgefüllt und ein paar getrocknete Rosenblüten hineingegeben, ich wollte gut duften. Ich wusch mich gründlich, zog mein Hemd wieder über und ging nach oben. Amy saß auf dem Bett.

„Unten wartet dein Waschwasser auf dich."

Sie würde staunen. Feierlich schlüpfte ich in mein Sonntagskleid. Ich hörte die Jungs aus ihrem Zimmer kommen und rief: „Josh, versorgst du bitte erst noch schnell die Hühner?"

„Mach ich."

Während Amy unten war, um sich zu waschen, investierte ich mehr Zeit als sonst, um meine Haare zu kämmen. Als ich schließlich wieder nach unten ging, war Amy gerade auf dem Weg nach oben, um sich ebenfalls anzuziehen und David saß bereits fertig in der Küche, das musste Josh erledigt haben. Ich hatte ihn lange nicht mehr in seinen Sonntagskleidern gesehen.

„Hey, du siehst gut aus!"

Ich zog David vom Stuhl hoch, um ihn genauer in Augenschein zu nehmen.

„Ich werde dich jetzt nur noch kämmen", kündigte ich an und ließ langsam meinen Blick über ihn schweifen.

„Oh je... du bist aber viel gewachsen."

Ich seufzte. Die Ärmel seines Hemdes waren zu kurz geworden, genau wie seine Hosenbeine. Was jetzt? Amy kam herein und ich zeigte ihr das Dilemma.

„Was soll's, Anna, das können wir jetzt nicht ändern. Wenn wir wieder zu Hause sind schau ich, was ich ausrichten kann."

Unsere kleine Schneiderin! Leider hatte sie Recht, das war jetzt auf die Schnelle nicht zu ändern, David musste so mitkommen. Ich musterte Amy.

„Wenigstens passt dir noch dein Kleid und", ich drehte mich einmal um meine eigene Achse, „meins auch."

Ich drückte David auf den Stuhl zurück und kämmte ihm das Haar. Amy hatte sich auf den Stuhl daneben gesetzt und sah zu.

„Glaubst du, wir beide sind schon ausgewachsen?"

„Hm, keine Ahnung... ich denke nicht, wir wachsen vielleicht nur langsamer. So, und jetzt halt still."

Ich war hinter sie getreten und machte mich an ihren langen Locken zu schaffen. Ich hörte, wie Josh reinkam und gleich darauf das Plätschern in der Waschschüssel. Bald darauf kam auch er in die Küche.

„Gib mir mal die Bürste. So... fertig."

Ich holte die Schere und ging in den Garten, wo ich für Sarah ein paar der letzten Rosen schnitt, dann umwickelte ich noch die Stiele mit einem nassen Tuch. Endlich konnten wir in unsere Schuhe schlüpfen, die ich gestern Abend noch poliert und ordentlich im Flur nebeneinander aufgereiht hatte. Zeit zu gehen, schließlich war es ein Fußmarsch von einer guten Stunde bis zu Sarah und Ed.

11

Die Farm lag am anderen Ende des Dorfes, aber nicht so abgelegen wie unser Haus, sodass es für die Leute kein Problem war hin zu laufen und sich ihre Milch, Eier, Mehl, Wein oder was auch immer zu holen. Josh meinte, hier gäbe es alles zu kaufen, was man zum Leben so bräuchte. Das Wohnhaus war größer als unseres, das Holz weiß gestrichen und Sprossenfenster spiegelten die Sonne wider. Ich konnte mehrere Scheunen sehen, ordentlich instandgehalten und hörte das Muhen von Kühen und das Grunzen von Schweinen. Josh erklärte, dass all die Felder und Weinberge, die wir hier sahen, dazu gehörten.

„Wie schaffen die beiden das alles?", fragte Amy erstaunt und Josh lachte. „Sie haben viele Angestellte, die ihnen dabei helfen, du Dummerchen. Hier kann man nicht alles alleine machen."

Was soll ich sagen? Wir wurden mit offenen Armen empfangen! Als wir etwa bis auf zwanzig Meter vor der Haustüre angekommen waren, öffneten sie auch schon. Sie hatten auf uns gewartet. Sie begrüßten uns mit großem Hallo und ausgebreiteten Armen und ich fragte mich, ob Menschen wirklich so nett sein konnten? Oder hatte mich Pas Verhalten so misstrauisch gemacht? Ed stand da, groß, schlank, dennoch wirkte er kräftig. Sein glattes Haar war kurz und grau meliert, sein Gesicht rund und freundlich, mit vielen Lachfalten um die Augen. Sarah, ja, sie war eher kleiner, ich war fast schon so groß wie sie, ihr fast ergrautes, langes Haar trug sie geflochten und hatte es hoch gesteckt. Sie wirkte etwas älter als Ed, ob sie es wirklich war, vermochte ich nicht zu beurteilen. Beide verbreiteten eine solche Herzlichkeit… nein, ich konnte nicht anders, als die beiden sympathisch zu finden. Höflich überreichte ich ihr die Blumen.

„Oh, die sind ja wunderschön, ich liebe Wildrosen! Du musst Anna sein." Sie nahm meine Hand in die ihre und sie fühlte sich so abgearbeitet an, wie Moms es getan hatte, trocken und warm. „Was für hübsche Mädchen ihr seid."

„Ich wollte mich bei ihnen für die Einladung bedanken, Mrs. …äh…" Mit rotem Kopf wurde mir klar, dass ich ihren Nachnamen nicht wusste und stieß Josh meinen Ellbogen in die Seite, doch sie kam ihm zuvor. „Sarah und Ed, bitte! Kommt rein, das Essen ist gleich fertig."

Wir betraten die großzügige Diele und der köstliche Duft aus der Küche ließ unsere Mägen knurren, schließlich hatten wir heute nicht gefrühstückt. Ich zog David schnell die Schuhe aus, bevor ich aus meinen schlüpfte und wir reihten unsere Schuhe, die leider Gottes von unserem Fußmarsch wieder staubig waren, ordentlich auf. Sarah und Ed warteten geduldig, dann gingen sie in die Küche voran. Ich kam aus dem Staunen nicht heraus, die Küche erschien mir riesig, genauso wie der große Tisch, der darin stand und ich zählte zwölf Stühle darum. Ed deutete meinen Blick wohl richtig, er lächelte mir zu.

„Es arbeiten viele Leute hier auf der Farm, Anna, und die, die mittags hier tätig sind, essen mit uns und die, die weiter weg auf den Feldern oder den Weinbergen arbeiten, bekommen Essen und Getränke mit. Setzt euch hin, wo ihr wollt, Kinder", forderte er uns auf. Ich wartete, bis die anderen sich hingesetzt hatten und nutzte die Zeit, um meinen Blick weiter umherschweifen zu lassen. Es war sehr hell, da es in diesem Raum drei große Fenster gab. Auch die Küchenschränke waren weiß gestrichen, der Herd viel größer als unserer, an der Wand hingen Kochutensilien wie Schneebesen, Schöpflöffel und so weiter und der Tisch war gedeckt mit weißem Porzellan und weißen Stoffservietten und blitzblankem Silberbesteck. Überhaupt war alles blitzsauber.

„Und wo sind jetzt alle?", fragte ich und brachte damit alle zum Lachen, woraufhin ich gleich nochmal errötete. Sarah, die am Herd gestanden hatte, legte mir ihre Hand auf die Schulter.

„Heute ist Sonntag, da kommt nur morgens früh einer der Knechte und hilft Ed dabei, die Tiere zu versorgen."

Ihre Stimme war freundlich und warm, als hätte sie meine Frage nicht für dumm gehalten und ich beruhigte mich wieder. Dann fiel mir ein, dass ich vor lauter Staunen die Höflichkeit vergessen hatte und fragte schnell: „Darf ich Ihnen helfen, Sarah?"

„Aber nein, mein Kind, setz dich hin und fühl dich wohl, ihr seid unsere Gäste."

Sie zwinkerte mir zu, dann wandte sie sich wieder ihrem Herd zu. Langsam ließ ich mich auf einen der freien Stühle sinken, von dem aus ich aus einem der Fenster sehen konnte. Die anderen unterhielten sich angeregt, doch die Gespräche liefen an mir vorüber, nur David saß teilnahmslos neben mir. Das Fenster bot den Blick hinter das Haus, wo der Küchengarten lag und dahinter konnte ich eine große Koppel sehen und mehrere Pferde, deren Fell in der Sonne glänzte. Ich schrak aus meinen Gedanken, als Sarah eine riesige Schüssel mit Rosenmuster vor mir auf den Tisch stellte.

„So, meine Lieben, reicht mir doch bitte nacheinander die Suppenteller."

Als ich Davids Teller in die Hand nahm bemerkte ich erst, dass sich darunter ein zweiter, flacher Teller befand. Würde es denn noch etwas geben? Sarah verteilte großzügig die herrlich duftende Suppe.

„Ich hoffe, die Suppe schmeckt dir, David, schließlich musst du ein kräftiger Mann werden."

Sie schöpfte weiter und ich bemerkte, dass sie keine Reaktion von David erwartete. Josh musste ihr einiges anvertraut haben…

Die Suppe war köstlich, nicht versalzen, nicht fade, sie war einfach perfekt. Schlagartig kehrte Stille ein, als wir begannen zu essen und genießerisch schlürften. Mein Teller war fast leer, als ich fragte:

„Was sind das für kleine Knödel darin?" Ob sie mir das Rezept verraten würde? Dann könnte ich es in Moms Heft hineinschreiben.

„Das sind Markklößchen, Anna", und sie erklärte mir, wie sie gemacht wurden. Traurig erkannte ich, dass mir das Rezept mangels Zutaten nichts nutzte. Nachdem wir unsere Teller geleert hatten, stand ich ohne zu fragen einfach auf und half Sarah beim Abräumen und Anrichten des Hauptgangs. Als Amy sah, was ich tat, erhob auch sie sich und half mit. Wir waren es nicht gewohnt, uns bedienen zu lassen und es war das erste Mal, dass wir irgendwo eingeladen waren. Sarah sagte nichts, nickte uns aber freudig überrascht zu. Es gab tatsächlich Schweinebraten mit Knödeln, Soße und Karottengemüse, das reinste Festmahl! Bei uns gab es kein Fleisch, lediglich an besonderen Festtagen wie Weihnachten hatte mein Vater ein Huhn geschlachtet. Ich hatte mal zugesehen. Er packte das arme Huhn am Hals und hieb ihm mit der Axt auf dem Baumstumpf, auf dem sonst das Holz gehackt wurde, den Kopf ab. Das Huhn schien noch eine Ewigkeit weiterzuleben, nachdem sein Köpfchen lange im Gras lag. Niemals könnte ich das, mich schüttelte bereits beim Gedanken daran. Wassergläser und ein Krug kühlen Wassers hatten bereits auf dem Tisch gestanden, doch Ed hatte nun andere

Gläser zusätzlich an die Plätze gestellt, wunderschöne Gläser mit langen Stielen und dicken Bäuchen.

„Zu diesem Essen müsst ihr unbedingt unseren Rotwein kosten, er passt wunderbar dazu."

Wein? Für uns Kinder?

„Nur zum Probieren", grinste er mich an, wieder hatte er meine Gedanken gelesen.

Er schenkte jedem von uns ein kleines bisschen ein, Josh bekam etwas mehr und seines und Sarahs Glas füllte er zur Hälfte.

„Haltet den Schluck einen Moment im Mund, um das Bouquet richtig zu schmecken."

Ich wusste nicht, wovon er redete und Amy warf mir einen fragenden Blick zu. Doch dann beobachteten wir ihn und taten es ihm einfach nach. Ich entdeckte eine völlig neue Geschmacksrichtung, irgendwie, hm, ein bisschen süß, aber auch etwas sauer und irgendwie schwer und… ich konnte es nicht wirklich beschreiben. Ich nahm erneut einen winzigen Schluck und fühlte, wie der Wein warm durch meine Kehle rann, dann stellte ich das Glas wieder ab, das letzte Schlückchen wollte ich während des Essens genießen.

„Und, was meint ihr?"

„Wir haben sowas noch nie getrunken", erklärte Amy, „aber es schmeckt gut!"

Lachend hob Ed sein Glas.

„Auf unsere liebenswerten Gäste!"

Als wir zu unseren Bestecken griffen, begann auch David, der die ganze Zeit teilnahmslos da gesessen hatte, zu essen.

„Sarah, die Soße schmeckt wunderbar, anders, darf ich fragen, womit Sie sie würzen? Irgendetwas ist außergewöhnlich."

„Kümmel, liebe Anna, ich mach Kümmel dran. Schmeckt gut und hilft der Verdauung. Du kennst ihn nicht? Wenn du möchtest, zeig ich ihn dir nachher im Garten."

„Gerne!", ich strahlte sie an, ich war für alle Tipps dankbar, die unsere Küche verbessern konnten. Ed und Josh unterhielten sich über Wein. Es fielen Begriffe wie keltern und schwefeln, mit denen ich nichts anfangen konnte.

„Außerdem", flüsterte Sarah mir grinsend zu, „habe ich auch einen ordentlichen Schuss von diesem Wein dazu getan. Aber keine Angst, liebe Anna", warf sie gleich ein, als ich sie mit großen Augen anschaute, „der Alkohol verkocht."

Ihr Gesicht nahm einen wahrhaft schelmischen Ausdruck an, was sie plötzlich irgendwie sehr jung aussehen ließ. Ich begann, sie wirklich zu mögen.

Nach dem Essen bestanden Amy und ich darauf, mit Sarah zusammen die Küche wieder in Ordnung zu bringen. Sie spülte das Geschirr und Amy und ich trockneten ab. Sarah hatte jeder von uns eine Schürze gegeben, damit wir unsere schönen Kleider nicht verschmutzten. Ed hatte Josh einen Spaziergang vorgeschlagen, um das reichhaltige Essen zu verdauen, David hatten sie mitgenommen.

Als das Geschirr wieder sauber im Schrank verstaut war, nahm ich mir noch den Lappen und wischte den Tisch ab.

„Fertig! Vielen Dank, Sarah, für das wunderbare Essen!"

„Ja, vielen Dank!", sagte auch Amy.

Sarah strahlte über das ganze Gesicht. „Dass es euch so gut geschmeckt hat, sodass ihr alles aufgegessen habt, ist das größte Lob für mich. Soll ich euch jetzt den Kümmel zeigen?"

„Ja, gern!", freute ich mich.

Sie führte uns in den Küchengarten, er lag zur Südseite und sogleich wärmte die Sonne unsere Körper, drinnen war es angenehm kühl gewesen.

„Siehst du, das hier", sie zeigte auf eine hochgewachsene, weiße Blume, „ist Kümmel. Ein paar Blätter davon hatte ich in der Suppe mitgekocht und den Samen zum Würzen der Soße verwendet, da er hilft, schwere Kost besser zu verdauen… und gut schmeckt! Ich mörsere die Körnchen vorher. Wenn du möchtest, wird Ed dir später eine Pflanze ausgraben und mitgeben, damit du zu Hause auch welchen hast."

„Das wäre wunderbar, danke!", freute ich mich ehrlich.

Sarah fuhr mit ihrer Hand über meinen Kopf, es sollte eine nette Geste sein, doch dabei fiel ihr ein: „Ach ja, wollen wir dann eure Haare schneiden?"

Sie schnitt zuerst mir, dann Amy die Haare. Sie tat es routiniert und erzählte, dass sie auch früher schon ihren Geschwistern die Haare geschnitten hatte, weil sie es besser konnte als ihre Mutter. Etwas verschämt senkte ich den Blick, doch sie bemerkte es sogleich und tätschelte meinen Arm. „Hey, man kann nicht in allem perfekt sein und nach allem, was ich von Josh gehört habe, hast du alle Hände voll zu tun."

Als sie fertig war, bürstete sie uns sorgfältig das Haar, dann holte sie einen Spiegel, damit wir uns ansehen konnten. Unsere Locken fielen wieder weich und in gleichmäßiger Länge über unsere Schultern. Wieder bedankten wir uns herzlich.

„Ah", rief sie, als sie in diesem Moment die „Männer" kommen hörte, „ihr kommt genau richtig, David ist jetzt dran."

Während Sarah David das Haar schnitt, fragte ich nach dem Besen, der Berg an Haaren war beachtlich und als wir alle wieder so richtig ordentlich aussahen, wollten wir uns verabschieden.

„Das kommt gar nicht infrage! Ich habe uns extra für heute einen Kuchen gebacken."

Wir stöhnten. Ich glaube, keiner von uns hatte in seinem Leben jemals an einem einzigen Tag so viel gegessen wie an jenem, doch auch der Kuchen war so wunderbar, dass wir auch davon jeder noch ein Stück in unsere Bäuche zwangen.

„Aber jetzt wird es wirklich Zeit für uns zu gehen, damit wir nach Hause kommen, bevor es anfängt dunkel zu werden", ergriff nun Josh die Initiative. Das sahen sie ein und verabschiedeten sich von uns nicht ohne Bedauern. Sarah dachte noch daran, mir wie versprochen eine Kümmelpflanze mitzugeben. Sie hatte das Tuch, das ich um ihre Rosen gewickelt hatte, noch einmal nass gemacht und um die Pflanze gewickelt, damit die Wurzel nicht austrocknete, bis wir zu Hause ankämen. Wir gingen mit lauten Dankesrufen. Ed und Sarah standen vor der Tür und sahen uns nach und ich hörte noch, wie sie zu ihm sagte: „Was für liebe und wohlerzogene Kinder!"

Als wir uns auf der Landstraße befanden, fragte ich Josh: „Haben die beiden eigentlich auch Kinder?"

„Nein", beantwortete er meine Frage, „sie können keine bekommen. Ed hat es mir irgendwann einmal erzählt."

„Wie schade", entfuhr mir bei dem Gedanken, wie gut es Kinder bei ihnen gehabt hätten.

Es dämmerte bereits, als wir unseren Hof betraten.

„Gehen wir gleich hoch in unsere Zimmer", schlug Amy vor, „ich will mich nur noch hinlegen!" Seufzend hielt sie sich den Bauch.

„Geht schon vor, ich will nur noch schnell den Kümmel einpflanzen."

Ich pflanzte ihn in den Gemüsegarten.

„Wachse und gedeihe!", sagte ich grinsend.

Mom hatte mal erzählt, die Pflanzen würden besser gedeihen, wenn man manchmal mit ihnen sprach. Ich ging in die Küche, um noch schnell etwas Wasser zu trinken, als Pa hereingeschlurft kam.

„Was gibt es zu essen?", fragte er unfreundlich. Ausgerechnet! Nie aß er, aber jetzt wollte er unbedingt was haben. Seufzend schnitt ich ihm eine Scheibe Brot und bestrich sie mit

Marmelade. Ich legte sie ihm auf den Tisch und sah zu, dass ich verschwand. Amy lag bereits mit einem seligen Lächeln auf ihrem Gesicht im Bett und war schon eingeschlafen. Ich lag noch lange wach und ließ den Tag Revue passieren. So müsste es sein, dachte ich traurig, eine Mom, ein Dad, mit denen man sonntags zusammen am Tisch saß und sich unterhielt. Die Zeit miteinander genießen- eine Familie! Wie so oft stand ich auf und trat ans Fenster, hell leuchteten die Sterne über mir, voller Sehnsucht und Wehmut dachte ich an Mom, fragte mich, ob sie von da oben zu uns heruntersah. Traurig schrieb ich in mein Heft.

Deine Augen blicken zum Himmel,

und du fragst mich,

warum Sterne leuchten,

warum Menschen kämpfen.

Dein Lächeln erzählt mir die Geschichte,

eine Geschichte der Fantasie,

der Fantasie, die in dir lebt.

Mein Engel der Nacht,

pass auf dein Licht auf,

hüte dich vor dem Tag,

halt mich fest.

12

Der Alltag hatte uns wieder.

Ich hatte beschlossen, endlich mit dem Schreiben zu beginnen, also mit dem richtigen Schreiben. Ich wartete am Abend, bis Amy eingeschlafen war und fing einfach an. Ich füllte Seite um Seite, erzählte die Geschichte einer Farmerfamilie mit vier Kindern. Immer mehr Geschichten fielen mir dazu ein und schon bald brauchte ich ein neues Heft. Ich hatte Josh gebeten, mir eines aus dem Dorf mitzubringen. Er hatte mir nur einen fragenden Blick zugeworfen, hatte mir am Abend aber eines mitgebracht. Wahrscheinlich dachte er, ich würde es für neue Rezepte brauchen. Wenn ich erst einmal drin war, konnte ich gar nicht mehr aufhören. Meine Ideen wurden immer verrückter und so kratzte meine Feder allabendlich übers Papier wie eine Katze über den

Holzdielenboden. Die Tage waren kürzer und die Nächte länger geworden, sodass ich bäuchlings auf dem Boden lag, während neben mir eine Kerze stand, deren Flamme tanzendes Licht über mein Papier warf.

Es war ein Samstag, ich weiß es noch genau.

Es war früher Nachmittag, Josh war noch bei der Arbeit und David saß in der Küche, während Amy die Böden schrubben wollte. Ich war nach dem Essen hinausgegangen und arbeitete im Gemüsegarten. Ich hatte einen Pullover angezogen, es war nicht mehr sehr warm. Es würden wohl die letzten Erträge sein für dieses Jahr, aber ich hatte den Keller gut gefüllt, wir würden problemlos über den Winter kommen. Als ich fertig war, schweifte mein Blick über die Wildrosen. Einzelne Blüten hielten sich noch tapfer, doch die meisten waren zu Hagebutten geworden. Ich beschloss, dass es nun auch hier an der Zeit war zu ernten. Ich holte aus dem

Schuppen die Schere und ein Körbchen und schon fielen die ersten Hagebutten hinein, aus denen ich Marmelade kochen wollte. Ich dachte bei der Arbeit über meine Geschichte nach. Was würde aus dem Pferd werden, das davongelaufen war?

„Anna?"

Verträumt drehte ich mich um. Oh mein Gott, es war David! Er war alleine zu mir herausgekommen und hatte mich angesprochen!

Doch sein Gesicht war verweint und ich fragte erschrocken: „Was ist, David?"

Doch er sah durch mich hindurch und sagte nichts mehr. Ich stieß das Körbchen um, als ich losrannte ins Haus. Ich war kurz vor der Haustüre, als ich Amy hörte.

„Ich bin nicht Mom! Ich bin nicht Mom! Ich bin es doch, Amy!"

Noch nie hatte ich ihre Stimme so weinerlich und verzweifelt gehört und ich stürzte ins Haus.

Pass auf deine Geschwister auf! hörte ich die Stimme meiner Mutter in meinem Kopf.

In der Küche bot sich mir ein Anblick, den ich niemals vergessen werde! Er hatte Amy an die Wand gedrückt und hielt ihre Arme fest. Seine Hose war heruntergelassen und sein nackter Hintern bewegte sich rhythmisch. Amy jammerte, winselte wie ein kleiner Hund. Ich spürte, wie alles Blut aus meinem Körper wich und meine Hände eiskalt wurden, als ich begriff, was da geschah, dass der alte Mistbock sich *in* meiner kleinen Schwester bewegte. Mit drei Schritten war ich da und packte ihn an den Schultern, wollte ihn wegreißen von ihr.

„Geh weg! Geh weg von ihr!", schrie ich ihn an. Er sah kurz zu mir her, ein diabolisches Grinsen in seinem vor Lust verzerrten Gesicht, die Augen im Suff blutunterlaufen. Dass ich versuchte, ihn wegzuziehen, spornte ihn nur an und seine Bewegungen wurden immer heftiger. Amy wäre längst zusammengebrochen, würde er sie nicht festhalten.

Pass auf deine Geschwister auf!

Ich hatte die Schere noch in der Hand, mit der ich vor einer Minute noch Hagebutten geschnitten hatte. Mit voller Kraft rammte ich sie ihm in den Rücken. Ich sah, wie etwas Blut durch sein Hemd sickerte. Er versteifte sich kurz und stöhnte, dann war er im Begriff, wieder weiterzumachen. So zog ich sie mit beiden Händen heraus und rammte sie seitlich in seinen Hals. Das Blut spritzte wie eine Fontäne in Amys Gesicht, die sich schreiend wand und versuchte, sich zu befreien.

Endlich, endlich hörte er auf. Langsam sanken seine Arme herab, als würde mit seinem Blut seine Kraft dem Körper entweichen.

Lautlos und mit vor Staunen weit aufgerissenen Augen sank er langsam zu Boden. Wir sahen zu, wie die Blutlache, in der er lag, immer größer wurde und noch immer sah er mich an, nicht begreifend, was geschehen war. Ich nahm einen metallischen Geruch wahr und mein Magen zog sich zusammen.

Verrecke! Verrecke endlich!

Amy begann hysterisch nach ihm zu treten.

„Weg! Weg!", schrie sie nur und ich packte sie am Arm und zog sie heraus aus der Küche in den Flur. Unsere Knie gaben gleichzeitig nach und wir setzten uns auf den Fußboden. Mit bleichem Gesicht zog sie ihre Beine an ihren Körper heran und zog ihren Rock darüber, legte ihre Arme schützend um ihre Beine. Doch ich konnte das Blut sehen, das über ihre Knöchel lief. Nach einer Weile rutschte ich neben sie, legte zitternd meine Arme um ihren Oberkörper und zog sie an mich heran. Ich wiegte sie wie ein Baby. Ich glaube, das war auch das, was sie in diesem Moment am liebsten gewesen wäre. So saßen wir eine Ewigkeit, mit leeren Köpfen, konnten nicht begreifen, was gerade geschehen war, geschweige zu einem Gedanken fähig, was nun zu tun sei.

Irgendwann stand plötzlich Josh vor uns, wir hatten ihn gar nicht kommen hören.

„Was ist denn hier l...", sein Blick glitt über unsere bleichen Gesichter, wanderte über uns und blieb an Amys Knöcheln hängen. Langsam schien er zu begreifen...

„Ich bring ihn um", stieß er zornig hervor, „diesen elenden Ziegenbock! Wo ist er?"

Er wartete keine Antwort ab, deren wir sowieso nicht fähig gewesen wären und stürzte an uns vorbei in die Küche. Und plötzlich war es wieder so still wie vorher.

Immer, wenn ich traurig bin,

weil ich nicht weiter weiß,

wenn ich nicht mehr weiß, was ich will,

dann breche ich das Eis,

dann flüchte ich durch Träume,

zur Insel meiner Freiheit,

dort klettre ich auf Bäume,

auf meiner Insel der Vergangenheit.

„Komm, Amy, wir gehen dich waschen."

Wir stützten uns gegenseitig und gingen langsam in den Waschraum. Ich setzte sie auf den Stuhl.

„Warte, ich hole nur schnell Wasser, ich bin gleich wieder bei dir."

Unser beider Körper zitterten wie Espenlaub und meine Stimme war nur mehr ein Krächzen. In der Diele wartete Josh auf mich, er war mühsam beherrscht, doch sein Gesicht war schlohweiß, selbst seine Lippen hatten keine Farbe mehr und ich dachte, dass wir alle wie Gespenster aussahen.

„Wo ist David?"

„Ich… ich weiß nicht… er war bei mir im Garten."

So schnell uns unsere zittrigen Beine trugen, liefen wir hinaus. Im Garten war er nicht mehr, aber ins Haus war er auch nicht gekommen.

Panik machte sich in uns breit und riss uns aus unserem Schockzustand. Wir liefen suchend und laut rufend umher, Terry hüpfte aufgeregt zwischen uns hin und her. Ich lief zum Hühnerstall, um zu sehen, ob er dort war.

„Anna!"

Josh rief meinen Namen nur ein einziges Mal und ich blickte mich suchend um, wo er war, bis ich ihn am Ufer des Sees sah. Keuchend kam ich bei ihm an und da sah ich ihn. Davids Köper trieb reglos im Wasser.

13

Ich brach endgültig zusammen, während Josh ins kalte Wasser sprang und David herauszog. Er drückte seine Hände immer wieder auf den kleinen Brustkorb und versuchte, ihn zu beatmen, doch David gab keinen Laut von sich, gab keinerlei Lebenszeichen. Irgendwann suchte Josh an seinem Hals nach einem Puls, fand keinen und sank schließlich auf die Knie, sein Gesicht nass von Wasser und Tränen. Da saßen wir und weinten und wussten nicht mehr weiter, ein riesiges Loch in den Herzen, das man nicht würde flicken können, fühlten uns völlig leer. Das einzige, wovon wir im Übermaß hatten, waren Tränen, ein Meer von Tränen. Endlich rutschte Josh auf seinen Knien zu mir herüber und wir krallten uns ineinander in dem verzweifelten Versuch, uns gegenseitig festzuhalten, doch wir fielen und fielen.

Es wurde dunkel und Josh nahm unseren David auf die Arme und trug ihn hinein, trug ihn die Treppe hoch und legte ihn auf sein Bett. Dann legte er sich zu ihm, umschlang ihn mit seinen Armen, dann lag er so reglos wie sein kleiner Bruder.

Ich ließ die Tür offen und ging hinüber in unser Zimmer. Amy lag auf ihrem Bett, sie hatte sich umgezogen. Ich machte es wie Josh, ich legte mich zu ihr ins Bett und umschlang sie mit den Armen, sie fühlte sich an, als würde sie gleich davon fließen.

„Ich hab mich selbst gewaschen, Anna." Sie schluckte, bevor sie weiter sprach und sie hörte sich an, als hätte sie einen dicken Kloß im Hals. „Ich hab´s gesehen, Anna, durchs Fenster, wie du und Josh… David…" Sie schluchzte und ihr Körper wurde von einem unkontrollierten Schütteln erfasst. „Warum, Anna? Warum nur? Warum hat er das getan?"

Ich antwortete nicht, ich wusste nicht, ob sie David oder den elenden Ziegenbock meinte.

Irgendwann schlief Amy schließlich ein, es war mitten in der Nacht. Wir hatten nicht mehr geredet, wir waren einfach nur dagelegen und ich hielt sie fest, während sich ihr Körper immer wieder schüttelte. Sie schlief sehr unruhig und begann, sich umher zu wälzen. Ich war hellwach, wusste, dass ich in dieser Nacht kein Auge zu tun würde. Also stand ich auf, ich trug noch immer meine Kleidung. Ich hatte die ganze Zeit an den alten Ziegenbock gedacht, wie er jetzt da unten lag. Ich betrat die Küche und hob überrascht die Hände an die Augen, der Raum war erhellt und es dauerte einen Moment, bis ich etwas sehen konnte. Josh war schon da.

„Hilf mir mal, Anna."

Er hatte einen Kartoffelsack aus dem Schuppen geholt und versuchte, den alten Ziegenbock (nie mehr im Leben nannten wir ihn anders) hineinzustecken. Beim Anblick des Sacks sank ich auf die Knie und ich konnte nicht mehr anders. Stockend und unter Tränen erzählte ich Josh von Klein Maggi. Er hatte innegehalten, als ich begonnen hatte zu erzählen und seine Augen leuchteten groß und dunkel im Licht. Ich endete und für eine Weile hatte es ihm die Sprache verschlagen. Schließlich sagte er: „Dann hilf mir jetzt, den Mistkerl in den Sack zu stecken!"

Ich musste ihm helfen. Ich musste mich zusammenreißen! Und plötzlich überkam mich überwältigender Hass! Hass auf den Mann, der da am Boden lag, Hass auf den alten Ziegenbock, der nun nichts mehr anrichten konnte, Hass, der von meinem tiefsten Inneren Besitz ergriff.

Resolut packte ich mit an, als handelte es sich um einen Sack Kartoffeln und zusammen war es ein Leichtes, seine Beine in den Sack zu stecken. Er reichte bis unter die Arme. So schleiften wir ihn hinaus ans Ufer und legten ihn ins Boot, ungeachtet der Steine, über die sein lebloser Körper holperte. Dann suchten wir mehrere große Steine zusammen, die wir zu ihm hinein legten und verschnürten das Paket. Gemeinsam ruderten wir hinaus auf den nachtschwarzen See, Zeugen waren nur das Mondlicht und die Sterne, die sich auf der Wasseroberfläche spiegelten. Ich nahm ihn unter den Beinen und Josh griff nach seinem Oberkörper.

„Eins... zwei... drei!"

Wir sahen zu, wie er auf den Grund des Sees sank, mit dem Gesicht nach oben, bleich und staunend und mit weit aufgerissenen Augen, starrte er uns an. Diesen letzten Moment ertrugen wir seinen Anblick in dem Bewusstsein, dass wir dieses Gesicht nie mehr zu sehen brauchten.

Als wir wieder im Haus waren, holte ich Wasser, Seife und eine Bürste. Ich schrubbte den Boden noch, als längst nichts mehr zu sehen war, schweißgebadet. Nichts, aber auch gar nichts sollte von ihm übrig bleiben!

Der Morgen graute bereits, als sich eine kalte Hand auf meine Schulter legte. Es war so unerwartet, dass ich erschrocken herumfuhr.

„Amy!"

„Komm Anna, hör auf, es ist vorbei!"

Langsam ließ ich den Arm sinken und die Bürste in den Eimer fallen. Josh saß auf Moms Stuhl. Langsam stand ich auf, stützte mich mit den Händen ab. Es war gar nicht so einfach, nachdem ich Stunden auf den Knien verbracht hatte. Wir setzten uns zu ihm an den Tisch.

„Was sollen wir jetzt tun?", fragte Amy.

Ich war völlig leer und so sagte ich: „Keine Ahnung."

Josh atmete tief durch. „Zeig uns, wo Klein Maggi liegt."

Ich sah auf und betrachtete ihn lange.

„Einen Moment noch, ich muss noch schnell etwas holen."

Dann liefen wir durch den Sonnenaufgang zu Klein Maggi.

Wir standen lange um ihr Grab und beteten, beteten für ihre Seele, beteten für unsere Seelen. Dann begann Josh zu graben.

„Was hast du vor?"

„Wir gehen zu Sarah und Ed, und Maggi und David nehmen wir mit!"

Ich nahm ihm das kleine Bündel ab und nahm es zärtlich an mich.

„Hallo, Klein Maggi, ich kann dir dieses Jahr keine Rosen mehr bringen, aber ich hab dir ein

Gedicht geschrieben, magst du es hören?" Ich holte das Blatt Papier hervor, das ich zu Hause noch schnell geholt und eingesteckt hatte.

„Abends, wenn ich müde bin,
und doch nicht schlafen kann,
dann sehe ich zum Fenster raus,
und fange leis zu zählen an.

Ich stell mir vor, die Wolken wären Schafe,
die über mir fliegen, wohin sie wollen,
und die kleinen, übermütig,
unbeschwert dort oben tollen.

Ich wünsche mir, dass ich das könnt,
fliegen, fort, wo's mir gefällt,
auch an dich denk ich dabei,
fliegst du mit, dann sind wir zwei."

Ich steckte den Zettel wieder ein und wir machten uns auf den Rückweg.

Wir hatten keine besonderen Wertsachen, die es sich gelohnt hätte mitzunehmen. Ich holte nur meine Hefte, die ich mit Gedichten und Geschichten vollgeschrieben hatte. Josh trug David herunter und wir trafen uns alle wieder im Hof. Wir hatten uns beeilt, wieder aus dem Haus zu kommen, wollten uns nicht länger darin aufhalten, als unbedingt nötig. Wir drückten die Haustüre nur zu, machten uns noch nicht einmal die Mühe abzuschließen.

Wir holten den alten Bollerwagen aus dem Schuppen, die Räder waren rostig und er quietschte, wenn man ihn zog. Wir legten David und Klein Maggi hinein und deckten sie mit der großen Decke, die Mom aus Stoffresten genäht hatte, zu.

Wir machten uns auf den Weg ohne Rückkehr. Hier gab es nichts mehr für uns.

14

Der Weg erschien mir endlos, viel weiter, als beim letzten Mal. Egal, der Weg ist das Ziel...

Wir sprachen kein Wort miteinander, während wir, abwechselnd den Bollerwagen hinter uns herziehend, die Straße lang liefen. Als wir endlich den Hof betraten, ging Josh vor an die Haustüre und klopfte zaghaft an, Amy und ich waren beim Bollerwagen stehen geblieben.

Wir sahen, wie Sarah einen kurzen Blick aus dem Fenster warf, strahlte, als sie uns sah und gleich darauf öffnete sie die Tür.

„Kinder, das ist aber schön, dass ihr..."

Sie sah in unsere aschfahlen Gesichter und ihr Strahlen erlosch.

„Kommt rein!", forderte sie uns auf, sah unsere fragenden Blicke zu dem Wagen, merkte, dass wir ihn nicht allein da stehen lassen wollten. Sie setzte sich auf die Treppe.

„Na gut, bleiben wir hier. Was ist passiert?"

Keiner von uns war in der Lage, ihr zu antworten, wir starrten sie nur mit hohlen Augen an.

„Wo ist euer Vater?", fragte sie leise.

Amy und ich begannen, lautlos zu weinen.

„Weg!", stieß Josh nur hervor.

„David?", ihre Stimme war immer leiser geworden, ich deutete stumm auf den Wagen. Ihr Gesicht nahm einen ungläubigen Ausdruck an, schnell stand sie auf, lief zum Wagen und hob die Decke an.

„Oh mein Gott!"

Als hätte sie sich die Finger verbrannt, ließ sie die Decke fallen. Mit weitaufgerissenen Augen begann sie zu rufen.

„Ed!", dann lauter, „Ed!"

Er kam aus einer der Scheunen angerannt.

„Was ist passiert?"

Sie starrte noch immer auf den Wagen.

„Sieh nur…"

Und Ed sah. Einen Moment hielt er geschockt inne, dann schob er den Wagen direkt neben die Haustüre.

„Kommt rein, Kinder", bat er freundlich.

Wir setzten uns an den großen Tisch, Sarah, Ed und Amy, Josh und ich, die drei Übriggebliebenen. Sie fragten nichts, Ed klopfte Josh nur beruhigend die Schulter und Sarah streichelte uns Mädchen über die Haare. Sie machte uns allen heiße Schokolade mit viel Zucker. Wir saßen da, tranken, genossen die tröstliche Wärme, die sich in unseren Körpern auszubreiten begann und schließlich begannen wir nacheinander stockend zu erzählen. Wir beschönigten nichts, im Gegenteil, unsere Schuldgefühle kamen klar zum Vorschein, aber auch der Hass auf unseren Vater. Sarah und Ed hatten uns mit Entsetzen zugehört, ohne einen von uns zu unterbrechen.

„Wir wussten nicht, wo wir hätten sonst hingehen können", murmelte ich schließlich.

Nach einer Weile verständigten sie sich mit einem Blick, wie es nur unter Menschen möglich ist, die sich schon lange sehr nahestehen.

„Ihr bleibt hier, bei uns", erklärte Ed schließlich, seine Stimme war fest und klar, sie meinten es ernst.

Sarah nickte zustimmend und ihre Augen glitzerten voller Güte und Zuneigung.

„Wir haben genug Platz. Ich mache uns allen jetzt etwas zu essen, ihr seid sicher völlig ausgehungert."

Obwohl ich sicher war, keinen Bissen herunterbekommen zu können, stand ich auf, um Sarah zu helfen. Zum einen aus Höflichkeit, aber auch, weil es mir ein Bedürfnis war, irgendetwas Normales zu tun. Amy empfand wohl genauso wie ich und fragte, in welchem Schrank sich die Teller befänden.

Erstaunlicherweise stellte sich heraus, dass wir alle doch sehr hungrig waren und langten kräftig zu. Nach dem Essen stützte Ed seine Ellbogen auf dem Tisch auf und legte sein Kinn in seine Hände.

„Ich habe mir folgendes überlegt, wenn es euch recht ist. Sarah und ich werden uns um Davids

Beerdigung kümmern, Maggi legen wir zu ihm in den Sarg und sagen, es sei sein Teddybär in dem Sack, den ihr ihm mit auf die Reise geben wollt. Euer Vater… er ist einfach gegangen, ohne zu sagen wohin, er… er hat euch einfach verlassen."

Wir tauschten Blicke untereinander, dann sahen wir den Beiden in die Augen und nickten zustimmend.

Sie hielten ihr Versprechen. David wurde neben Mom beerdigt, Klein Maggi mit ihm.

Auch in Sarahs Garten wuchsen sie, die Wildrosen, und jeden Tag besuchte ich den Friedhof und brachte ihnen welche mit.

Zuhause bei Sarah und Ed wurde nie mehr darüber gesprochen, was geschehen war.

15

Ich hatte nochmal Kind sein dürfen. Sarah und Ed hatten darauf bestanden, dass ich wieder zur Schule ging, um meinen Abschluss zu machen.

In unserer Freizeit waren wir darauf bedacht, uns so nützlich als möglich zu machen, fielen wir doch sowieso schon genug zur Last. Aber spüren ließen sie es uns nie, im Gegenteil! Sie waren stets herzlich und hatten immer ein gutes Wort, sie kümmerten sich rührend um uns. Wenn Amy oder ich Andeutungen diesbezüglich machten, winkten sie nur ab.

„Nun haben wir endlich Leben in unserem Haus!"

Amy und ich hatten ein sehr hübsches Zimmer zusammen bekommen, größer als unser altes und sie hatten es extra frisch gestrichen. Joshs war etwas kleiner, aber nicht viel und genauso schön.

Beide waren sehr hell und lagen nebeneinander, sodass wir abends manchmal noch in unserem Zimmer zusammensaßen, unter uns, wie früher. Dann redeten wir, meist über Mom und David. Über den alten Ziegenbock sprachen wir nie wieder.

So kam es also, dass Amy und ich gleichzeitig die Schule beendeten, da mir ein Jahr gefehlt hatte. Zwei Monate davor hatte Sarah uns gefragt, was wir denn nach Beendigung der Schule gerne machen würden.

„Schneiderin!", kam es von Amy wie aus der Pistole geschossen. Sarah nickte beifällig.

„Das ist ein guter Beruf, Amy, zumal wir nur eine einzige Schneiderin im Dorf haben und sie ist nicht mehr die Jüngste. Und du, Anna?"

„Ich will aus meiner Feder leben!"

Sie betrachtete mich verblüfft und brauchte einen Moment, um zu begreifen.

„Du schreibst gerne?"

„Oh ja!", ich lachte, „aber keine Sorge, ich weiß, dass dies nur ein Hobby sein kann. Wenn es euch recht wäre, würde ich gerne hier bei euch auf der Farm als Magd arbeiten. Kühe melken, Ställe ausmisten, mich um den Garten kümmern und dir im Haus zur Hand gehen."

„Nun, so fleißige Hände wie die deinen kann ich immer gut gebrauchen", lachte sie, „wenn das also dein Wunsch ist, sei es so."

Ich drückte sie dankbar an mich.

„Danke, Sarah!"

Ich war nach allem was passiert war etwas menschenscheu geworden. Es reichte mir, die Menschen die ich kannte und gerne mochte um mich zu haben, Fremden gegenüber war ich stets sehr verhalten und misstrauisch, weshalb mir die Arbeit auf der Farm im mittlerweile gewohnten Umfeld sehr entgegen kam.

Und endlich war es so weit! Amy und ich hielten unsere Abschlusszeugnisse in Händen. Wir hatten es geschafft, es waren vielleicht nicht die allerbesten Noten, dennoch waren wir sehr stolz und aufgeregt und plapperten auf dem Nachhauseweg ununterbrochen. Wir betraten die Küche und machten große Augen, da Sarah, Ed und Josh uns hier schon erwarteten, uns umarmten und gratulierten. Sarah hatte zur Feier des Tages einen Erdbeerkuchen gebacken und eine große Schüssel Schlagsahne dazu gemacht. Wir waren ganz aus dem Häuschen vor lauter Freude, doch die Krönung kam, als Sarah Amy die Hand auf die Schulter legte.

„Schätzchen, ich habe eine Überraschung für dich! Mrs. Grant, die Dorfschneiderin, hat sich von mir überreden lassen, dich in die Lehre zu nehmen."

Amy hüpfte vor Freude, fiel Sarah überschwänglich um den Hals und tanzte regelrecht durch die Küche. Ihr Wunschtraum ging in Erfüllung.

Der meine würde niemals in Erfüllung gehen, doch das störte mich nicht weiter und hielt mich keineswegs vom Schreiben ab, das mich, wie das Lesen eines guten Romans, allabendlich in meine Fantasiewelt flüchten ließ, mich daran hinderte, über das Geschehene allzu viel nachzudenken. Ich war einfach dankbar und zufrieden, mit dem was ich hatte.

Der alltägliche Rhythmus auf der Farm, die immer wiederkehrenden Arbeiten, machten mich froh. Ich erledigte sie gerne und sorgfältig und Sarah sparte nicht mit Lob und Anerkennung.

Ich machte die Erfahrung, dass nicht alle Wunden vollends heilen. Manche von ihnen heilen nur oberflächlich und rissen gelegentlich immer wieder auf und brauchten wiederum etwas Zeit, um eine dünne Schicht zu bilden. Mom, Klein Maggi, David… sie hatten Löcher in meinem Herzen hinterlassen, die wohl nichts und niemand füllen konnte und dann luden sich Schuldgefühle schwer auf meine Schultern. Dies waren Tage, an denen ich mich so viel als möglich vom geselligen Leben auf der Farm zurückzog, so wenig wie möglich reden mochte. Doch immerhin rissen die Wunden nicht mehr gar so oft auf wie früher, alles was ich tun konnte war, so lange wie möglich zu verdrängen, den Gedanken an die Leere, die sie hinterlassen hatten. Dies war lange Zeit die einzige Chance, zu überleben und am besten funktionierte es, indem ich mich tagsüber in Arbeit stürzte und am Abend ins Schreiben flüchtete, wo ich meine Länder der Fantasie besuchen konnte. Sarah sprach mich nie darauf an, aber ich glaube sie wusste, wie es in mir aussah. Sie ließ mich in Ruhe, wusste, dass ich Zeit brauchte.

Im Dorf fand alljährlich ein Frühlingstanz statt. Ich war einundzwanzig und Sarah und Ed erlaubten nun, dass ich zum ersten Mal mitkommen durfte. Für Josh war es nicht das erste Mal. Ich wusste, dass er auch schon verschiedene Mädchen ausgeführt hatte, aber festlegen wollte er sich wohl noch nicht.

Sarah hatte einen wunderschönen, blütenweißen Stoff gekauft, über den sich rote Rosen rankten.

„Dieses Weiß zu deiner leicht gebräunten Haut und dieses Rot… oh Anna, diese Farben stehen dir wirklich vorzüglich!", sagte sie, während sie den Stoff an meinen Oberkörper hielt, „er betont deine schönen, braunen Augen!"

Wir lachten und Amy hantierte bereits an mir herum, um meine Maße zu nehmen. Wir waren alle drei sehr aufgeregt, dass ich in diesem Jahr mitgehen durfte, der Frühlingstanz war zu dieser Jahreszeit Gesprächsthema Nummer eins.

Am Abend gingen wir hoch auf unsere Zimmer und ich zog Josh noch mit zu uns herüber.

„Erzähl, wie ist es da so?"

Er lachte über meine Aufregung, meinte aber auch, ihm sei es ebenso gegangen beim ersten Mal. Er berichtete bereitwillig und schlagartig wurde mir etwas klar.

„Josh, ich kann nicht tanzen!"

„Mach dich nicht verrückt Anna, das ist ganz einfach. Komm her, ich zeig´s dir!"

Er nahm mich bei den Händen und zog mich zu sich heran. Er summte eine Melodie, die ich nicht kannte, flott und rhythmisch, während er mir eine kurze Schrittfolge zeigte, die ich versuchte mitzumachen. Nach wenigen Minuten klappte es schon ganz gut und ich lachte glücklich. Als wir uns aufs Bett plumpsen ließen, sah ich in Amys Gesicht. Ihr Lächeln erreichte nicht ihre Augen und sogleich dachte ich mir, was in ihr vorging. Ich legte den Arm um sie.

„Ach Amy, sei nicht traurig, nächstes Jahr gehst du auch mit."

„Ja, ich weiß! Ich freu mich doch für dich, ich wäre nur so gerne mit dir dahin gegangen."

Als ich am nächsten Morgen mit Sarah alleine in der Küche war, fragte ich vorsichtig: „Kann Amy nicht auch mitkommen auf den Frühlingstanz?"

Sie wandte sich mir überrascht zu. Da ich ihre volle Aufmerksamkeit hatte, versuchte ich es weiter.

„Sie ist doch nur ein Jahr jünger als ich und sie möchte es so gerne! Sie hockt doch sonst den ganzen Abend nur alleine daheim."

„Sie hat gar nichts zu mir gesagt, dass sie auch mit möchte. Ed und ich hatten es so besprochen, dass ihr Mädchen erst mit einundzwanzig mitdürft..." Sie wischte ihre Hände an der Schürze ab.

„Ach bitte, Sarah, ich pass auch auf sie auf!"

Ich erschrak über meine Worte, schluckte dann aber tapfer. So schwer würde es nicht sein, bei so vielen Leuten auf einer öffentlichen Veranstaltung auf sie achtzugeben. Und schließlich war Amy kein kleines Kind mehr. Dann fügte ich leise hinzu: „Ich lass dich auch eine meiner Geschichten lesen."

Immer wieder hatte sie mich darum gebeten, ihr doch zu zeigen, was ich so schrieb. Doch ich hatte stets abgelehnt. Ich genierte mich und hatte Angst, mich zu blamieren.

„Na schön!", gab Sarah nach, „aber ihr werdet selbst auf euch aufpassen, denn ich", sie drehte sich lachend um ihre eigene Achse, „ werde tanzen mit meinem Ed!" Sie rauschte leichtfüßig durch die Küche und sang dabei.

„Tanzen, tanzen, tanzen…", und brachte mich zum Lachen.

„So, und jetzt her damit! Ich bin begierig darauf, etwas von dir zu lesen!"

„Josh, schnell, jetzt musst du es mir auch beibringen!"

„Was denn?"

„Na das Tanzen, du Dummkopf!"

Übermütig wirbelte Amy am Abend durch unser Zimmer. Grinsend fügte sich Josh in sein Schicksal und lange, nachdem er in sein Bett gegangen war, übten sie und ich noch miteinander, was sich als schwierig erwies, da immer eine von uns den männlichen Part übernehmen musste und wir uns immer wieder gegenseitig auf die Füße traten. Wir kicherten immer wieder laut, bis Josh von seinem Bett aus an die Wand klopfte. Mit einem Blick auf die Uhr stellte ich verwundert fest, wie spät es geworden war.

„Oh, lass uns schlafen Amy, morgen müssen wir wieder früh raus."

„Na gut! Ich freu mich so, Anna! Danke, dass du gefragt hast!"

Sie gab mir einen schmatzenden Kuss auf die Wange und schlüpfte ins Bett.

„Anna?"

„Ja?"

„Anna, ich brauche ein Kleid."

„Ich werde morgen Sarah fragen und jetzt schlaf."

16

Sarah zauberte aus ihrem Nähzimmer noch einen glänzenden, blauen Stoff, enzianblau nannte sie die Farbe, hervor.

„Die wird wunderbar zu ihren dunkelblonden Haaren passen!"

Und wieder sollte sie Recht behalten, sie stand Amy ausgezeichnet. Wir bekamen Amy nun kaum zu Gesicht. Sie kam abends von der Arbeit, aß schnell etwas, dann verschwand sie in Sarahs kleinem Nähzimmer und nähte wie besessen an unseren Kleidern, um bis zum Fest fertig zu werden.

Zwei Tage vor dem Fest hatte sie es geschafft und trat feierlich aus der Kammer, stolz mein Kleid vor sich hertragend.

„Oh mein Gott! Ist das schön geworden!"

Sarah und ich standen mit offenen Mündern da.

„Schnell Anna, schlüpf hinein, damit ich sehe, ob es auch passt oder ob ich noch Änderungen vornehmen muss!", forderte Amy ungeduldig und als sie mir das Kleid übergab sahen wir erst, dass sie das ihre bereits trug.

„Oh Amy", Sarah hatte Tränen in den Augen, „ihr werdet so schnell erwachsen! Wie wunderschön du aussiehst!"

In der Tat, das Kleid passte ihr wie angegossen und betonte ihre zierliche Figur. Sie sah nicht mehr aus wie das kleine Mädchen, eher wie eine junge Dame. Bewundernd lief ich um sie herum. Wo war meine kleine Schwester abgeblieben? Doch dann entkleidete ich mich eilig und schlüpfte in mein Kleid. Amys zufriedenes Nicken und Sarahs bewundernde Blicke bestätigten mir, dass es wunderbar passte.

„Etwas fehlt noch!" Sarah verschwand und kam gleich darauf grinsend zurück in die Küche. In der einen Hand ein Paar weiße Schuhe, in der anderen ein Paar nachtblaue, beide mit kleinem Absatz. Wir umarmten sie stürmisch bis sie ächzte, sie bekäme gleich keine Luft mehr. Wir schlüpften hinein und tatsächlich fühlte sich alles ganz anders an, wir fühlten uns erwachsen. Sarah wischte sich mit einem Taschentuch über die Augen.

„Ihr seht aus, wie kleine Prinzessinnen!", und in ihrer Stimme schwang unverhohlener Stolz.

Unsere Erwartungen wurden weit übertroffen. Josh hatte zwar erzählt, wie es aussehen würde, doch Amy und ich waren dennoch völlig überwältigt. Überall um den großen Platz waren Fackeln aufgestellt und entzündet worden und von den Bäumen baumelten Laternen, die mit den Sternen um die Wette leuchteten. Rechts hatte man Unmengen von Tischen und Bänken aufgestellt, dahinter befand sich eine Theke, an der man sich etwas zu trinken oder eine Kleinigkeit zum Essen holen konnte. Auf der anderen Seite hatte man eine Bühne aufgebaut, wo die Band bereits angefangen hatte zu spielen. Die allgemeine Stimmung war freudig erregt und man blickte ausschließlich in strahlende Gesichter. Ed und Sarah waren händchenhaltend vor uns hergelaufen und während Amy und ich noch damit beschäftigt waren, mit staunenden Augen alles in uns aufzunehmen, waren sie bereits auf der Tanzfläche verschwunden.

„Also, Mädels, ich stürze mich dann auch mal hinein. Viel Spaß euch beiden!" Weg war auch Josh.

Wir liefen zunächst einmal um den ganzen Platz herum, um das ganze Ambiente zu bestaunen.

„Wahnsinn!" Amys Augen leuchteten in der festlichen Beleuchtung wie funkelnde

Diamanten. Schüchtern begaben wir uns schließlich auch auf die Tanzfläche und begannen, uns mit wiegenden Hüften auf den Rhythmus der Musik einzustellen. Ich sah Josh mit einem außerordentlich hübschen Mädchen tanzen, mit dem er sich angeregt unterhielt.

Amy und ich tanzten seit ungefähr einer halben Stunde, als mir ein Junge, ich schätzte ihn auf Mitte zwanzig, auffiel, wie er Amy beäugte und den Blick nicht mehr von ihr abwenden konnte. Kichernd machte ich sie auf ihn aufmerksam. Sie betrachtete ihn unauffällig aus dem Augenwinkel.

„Er sieht süß aus!"

Na ja, mein Geschmack wäre er nun nicht unbedingt gewesen, aber bekanntlich war ja alles Geschmackssache. Als die Band den nächsten Song anspielte, kam er zielstrebig auf uns zu.

„Darf ich um diesen Tanz bitten?"

Er verneigte sich leicht vor Amy und ich beobachtete, wie ihr Gesicht feuerrot anlief, doch sie reichte ihm die Hand und ließ zu, dass er seinen Arm zum Tanz um ihre Hüfte legte. Ich stellte mich an den Rand und schaute den beiden grinsend zu. Ich schrak etwas zusammen, als mich eine Hand unverhofft am Arm berührte.

„Entschuldige bitte, ich wollte dich nicht erschrecken!"

Schnell zog der junge Mann schüchtern seine Hand zurück.

„Ich wollte dich fragen, ob du mit mir tanzen würdest?"

Sein Gesicht war ebenso rot wie Amys und seine großen, dunklen Augen, die mich voller Bewunderung ansahen, ließen ihn liebenswert erscheinen. Wortlos hielt ich ihm meine Hand hin, die er zaghaft ergriff und er führte mich zurück auf die Tanzfläche.

„Wie heißt du?", fragte er mich, während wir unsere Körper harmonisch zur Musik wiegten.

„Ich bin Anna, und du?"

„Eric", er zögerte kurz, bevor er sich traute, die nächste Frage zu stellen. „Wie alt bist du, Anna?"

„Einundzwanzig."

„Ich bin vierundzwanzig. Ich hab dich hier noch nie gesehen, allerdings", fügte er hinzu, „bin ich auch nicht allzu viel hier. Ich habe ein Zimmer in der Stadt, wo ich Statik und Architektur studiere. Was machst du?"

„Oh, ich arbeite auf Eds und Sarahs Farm."

„Ah, Ed und Sarah, ich kenne sie von früher, meine Eltern haben mich immer zu ihnen geschickt zum Einkaufen, sie sind sehr nett."

„Ja, das sind sie!"

„Dann gefällt dir die Arbeit dort?"

„Ja, ich bin sehr zufrieden."

Der Song ging zu Ende und ich fragte mich traurig, ob Eric nun das nächste Mädchen auffordern würde, so wie Josh es schon die ganze Zeit hielt. Doch er ließ mich nicht los und als die Band zu einem langsamen Lied anhob, zog er mich etwas enger an sich, sodass ich seine Körperwärme spüren konnte. Ich ließ zu, dass er zärtlich mit seinem Daumen meinen Rücken streichelte, was ich alles andere als unangenehm fand und ein ungewolltes Gefühl erwartungsvoller Erregung machte sich in mir breit. Ich wurde etwas mutiger und legte beim Tanzen mein Gesicht auf seine Schulter. Er war groß und fühlte sich stark an, er roch unwiderstehlich nach Moschus und ich fühlte mich wohl wie nie, versunken im Tanz mit ihm. Es war, wie auf Wolken zu schweben und ich hoffte inbrünstig, der Tanz möge nie zu Ende gehen. Ich fühlte, wie er seinen Kopf neigte und mich zart auf mein Haar küsste, ganz zart, wie die Berührung eines Schmetterlings und ich fühlte mich sicher und geborgen in seinen Armen. Ob Mom sich mit dem alten Ziegenbock einst auch so fühlte? Ich konnte es mir nicht vorstellen. Wir tanzten und tanzten, Song für Song, wir beide zusammen, bis ich plötzlich von hinten auf die Schulter getippt wurde. Ich fuhr herum, vor mir stand Amy und ich sah gleich, dass sie etwas bleich im Gesicht war.

„Anna, ich will nach Hause!"

„Ist dir nicht gut?" Ich warf Eric einen unentschlossenen Blick zu.

„Bitte, Anna!", drängte sie.

„Na gut, ich… ich suche nur Ed und Sarah und sage ihnen Bescheid, dass wir gehen."

Ich fand die beiden eng aneinander geschmiegt mitten auf der Tanzfläche.

„Ich wollte nur Bescheid sagen, dass Amy und ich nach Hause gehen. Amy ist… müde."

„In Ordnung", murmelte Ed nur, „hat´s euch gefallen?"

„Oh ja, vielen Dank!"

Ich überließ die beiden wieder ihrem Glück und kämpfte mich durch die Menge zurück.

„Dann… also, Eric…"

„Anna, werde ich dich wiedersehen? Bitte? Ich muss morgen zurück in die Stadt, aber Weihnachten komm ich her zu meinen Eltern."

Sein Finger strich leicht über meinen Unterarm und ich bekam eine Gänsehaut.

„Ja, Eric", hauchte ich und er gab mir einen Abschiedskuss auf die Stirn, seine Lippen waren weich und warm.

„Jetzt komm, Anna", drängte Amy nun nervös und ich ließ mich von ihr fort ziehen.

Schweigend liefen wir das kurze Stück Landstraße zur Farm. Doch als wir endlich im Bett lagen, wollte ich es wissen.

„Was ist passiert, Amy? Warum wolltest du unbedingt schon nach Hause?"

„Ich will nicht darüber reden!"

„Komm schon! Immerhin musste ich mit!"

Sie räusperte sich und ich wartete geduldig, bis sie endlich antwortete.

„Der Junge, der, der mich zum Tanzen holte. Weißt du, er hat mir ja gefallen und zuerst war er auch wirklich nett gewesen. Irgendwann meinte er, er würde schwitzen durch das Tanzen und die vielen Leute und fragte mich, ob einen kleinen Spaziergang mit ihm machen würde, um ein bisschen frische Luft zu schnappen. Ich meinte ja, ich dachte mir nichts dabei, es war ja wirklich heiß. Als wir dann auf der dunklen Straße waren, hat er mich plötzlich an den Armen gepackt und seinen Mund ganz fest auf meinen gedrückt und dann... und dann wollte er an meine Brüste fassen, Anna, an meine Brüste!"

Ich schluckte hörbar. Wieder hatte ich mein Versprechen gebrochen, ich hätte sie nie aus den Augen lassen dürfen! Ich hatte sie wieder im Stich gelassen.

„Was hast du dann gemacht?", fragte ich leise.

„Ich hab ihn ganz fest ans Schienbein getreten und dann bin ich zurückgerannt und hab dich gesucht." Sie schwieg für eine Weile, dann sagte sie: „ Danke, Anna, dass du mit mir heimgegangen bist. Es tut mir leid, du mochtest den Jungen, mit dem du tanztest?!" Es war mehr eine Feststellung, denn eine Frage. Ich antwortete nicht. Dass sie sich nun auch noch bei mir entschuldigte, anstatt mir Vorwürfe zu machen, setzte dem Ganzen die Krone auf und ich spürte, wie meine Augen in Tränen zu schwimmen begannen.

„Ganz ehrlich, Anna, ich finde, Männer sind einfach widerlich, sie sind wie Tiere! Niemals! Niemals werde ich heiraten!"

Empört deckte sie sich zu.

Wenn Amy niemals heiraten würde, dann würde ich es auch nicht!

Niemals mehr würde ich sie alleine lassen!

Ich würde Eric niemals mehr wieder sehen…

17

„Anna? Anna!"

Ich sah aus dem Küchenfenster und entdeckte Sarah, wie sie mit wehenden Röcken vom Briefkasten zurückrannte. Im ersten Moment dachte ich, es sei etwas geschehen, doch sie wedelte lachend mit ihrer Hand herum, in der sie die Post hielt. Ich trocknete meine Hände am Geschirrtuch ab und eilte hinaus auf die Veranda. Schnaufend ließ sie sich auf die Bank fallen und ich setzte mich neben sie. Ich ließ sie zu Atem kommen und wartete, bis sie zu reden anfing.

„Anna, ich weiß, ich hätte dich fragen müssen", sie seufzte, „aber ich habe deinen Roman an einen Verlag geschickt! So, nun ist es raus."

„Du hast was?" Verblüfft starrte ich sie an, als sie mir ein Kuvert hinhielt. Ich hatte mein

Geschreibsel immer als Geschichten bezeichnet, sie nannte es Roman.

„Seit Monaten schon warte ich auf eine Antwort von ihnen, lass uns nachsehen!"

Noch immer war ich nicht fähig, zu reagieren, hatte die Nachricht noch nicht verarbeitet.

„Also, wenn du es nicht aufmachst, tu ich es!", drohte sie mir mit einem nervösen Lachen und ich riss ihr den Brief aus der Hand. Ich betastete ihn, er war leicht und dünn, es befand sich wohl einfach nur ein Schreiben darin. Sarah zupfte ungeduldig an ihrem Rock herum. Mit zitternden Fingern riss ich das Kuvert vorsichtig auf und zog das Blatt heraus, welches ich langsam entfaltete.

„Sehr geehrte…", ich überflog die paar Zeilen, dann hielt ich ihn ihr hin.

„Oh Gott, Sarah, sie wollen es drucken! Sieh nur, sie wollen mir Geld dafür geben!"

Sie nahm den Brief und wir sprangen auf, um auf der Holzveranda polternd herum zu hüpfen. Lachend dachte ich, dass, würde uns gerade jemand sehen, derjenige wohl denken musste, wir wären irre geworden. Doch zum Glück sah uns niemand.

„Anna, sie fragen, ob du noch mehr geschrieben hast und zu einem Termin vor Ort bereit wärst. Du hast doch sicher ganz viel!"

„Natürlich!", gluckste ich aufgeregt, „natürlich hab ich ganz viel."

Ich rannte nach oben und holte einen circa dreißig Zentimeter hohen Stapel beschriebenes Papier, alle meine Geschichten. Sarah war hereingekommen und zog bewundernd die Augenbrauen nach oben, als ich den Berg auf dem Esstisch absetzte.

„Das ist in der Tat ganz viel! Dann lass uns morgen dorthin fahren, damit sie ihre Antwort bekommen. Aber jetzt", sie ging an den Schrank und holte eine Flasche heraus, „lass uns mit Champagner anstoßen!" Sie füllte zwei Gläser randvoll. „Auf dein Glück und deine Wünsche, liebe Anna, mögen sie in Erfüllung gehen!" Wir stießen an und der Champagner schwappte über und tropfte auf den frisch geputzten Fußboden, doch wir lachten nur und tranken.

Als Ed, Amy und Josh am Abend nach Hause kamen, überfielen wir sie gleich mit der Neuigkeit. Wir hatten die Zeit vergessen und kein Abendessen gerichtet. Amy fiel mir um den Hals.

„Oh Anna, das müssen wir unbedingt feiern!"

„Ich glaube, die beiden haben schon gefeiert", grinste Ed mit einem Blick auf die leere Flasche.

Am nächsten Morgen fuhr Ed Sarah und mich mit dem alten Wagen zum Bahnhof. Es war das erste Mal in meinem Leben, dass ich mit dem Zug fuhr und so betrachtete ich voller Staunen die Landschaft, die rasant an uns vorbeizog. Die Zeit verging mir schnell, bis wir in der Stadt ankamen und meine Beine zitterten leicht, als wir ausstiegen. Im Vergleich zur gewohnten, ländlichen Ruhe empfand ich es hier laut und hektisch. Menschen eilten kreuz und quer aneinander vorbei, ohne sich gegenseitige Beachtung zu schenken. Im Dorf war das Tempo langsamer, man grüßte sich und hielt oftmals ein Schwätzchen. Verunsichert drückte ich fest die große Tasche an mich, in der ich meine Geschichten verstaut hatte.

„Keine Angst, Anna, ich kenn mich aus, der Verlag ist nicht weit von hier."

Ich folgte Sarah mit vor Lampenfieber glühendem Gesicht. Überrascht betrachtete ich die vielen alten und neueren Häuser, die sich dicht an dicht aneinanderreihten, ganz anders als bei uns zu Hause, wo ein jedes Haus von einem großen Grundstück umsäumt war. Das war ja auch nötig, denn ein jeder brauchte Platz, um seine Arbeit zu verrichten. Wo arbeiteten die Menschen hier? Sicherlich verdienten sie ihren Lebensunterhalt nicht daheim.

Tatsächlich war es nur ein Fußweg von etwa fünfzehn Minuten, bis Sarah vor einem großen Gebäude stehen blieb.

„So, da drinnen muss es sein."

Sie ging selbstbewussten Schrittes voran, da ich keine Anstalten gemacht hatte vorauszugehen. Meine Beine schienen immer schwerer zu werden während ich hinter ihr herlief. Wir betraten eine große Halle, die mit großen Kübeln dekoriert war, in welchen sich riesige, fremdartige Pflanzen befanden. Der polierte Boden glänzte unter meinen Füßen, als wäre er nass und ich befürchtete auszurutschen.

„Guten Tag, meine Tochter hat einen Termin in ihrem Verlagshaus."

Sarah war an den Empfang getreten, wo sich ihr eine sehr gepflegte Dame in sehr hohen Schuhen zugewandt hatte.

„Guten Tag! Bei wem haben Sie denn den Termin?", fragte sie.

„Bei Mr. Lawrence."

„Erster Stock, dritte Tür rechts."

Wir stiegen die breite, gewundene Treppe hinauf. Der lange Gang war mit braungemustertem Teppich ausgelegt und die Türen aus dunkelbraunem Holz passten farblich perfekt dazu. Vor besagter Tür blieben wir kurz stehen und atmeten tief durch, dann klopfte Sarah an. Wir hörten ein freundliches „Herein" und traten ein.

Das gemütliche, helle Büro maß etwa vier mal fünf Meter und hinter dem eindrucksvollen Schreibtisch saß ein etwas untersetzter Herr mit ergrautem Haar, das sich bereits beachtlich lichtete. Doch seine Augen blickten uns freundlich über seine Lesebrille hinweg an.

„Setzen Sie sich doch, meine Damen."

Wir nahmen auf den mit rotem Samt bezogenen Stühlen Platz, die vor seinem Schreibtisch standen und begrüßten ihn.

„Mr. Lawrence, danke, dass Sie sich die Zeit für uns nehmen."

„Wie ich sehe, haben Sie Ihre Assistentin gleich mitgebracht, Miss Hunter."

„Oh nein", Sarah lachte geschmeichelt, „mein Name ist Carlyle. Dies hier", sie deutete auf mich, „ist Anna Hunter und die wunderbare Schriftstellerin, die Sie liebenswerter Weise erwarten."

Er zog erstaunt eine Augenbraue nach oben.

„Sie sind Anna Hunter? Ich habe Sie mir viel älter vorgestellt", erklärte er unverblümt.

„Ist das ein Problem?", fragte ich nun vollends eingeschüchtert.

„Aber nein!", er lachte schallend, „ich bin nur überrascht, dass eine junge Dame wie Sie bereits einen solchen Roman geschrieben hat, der mir übrigens, wie ich Ihnen ja bereits geschrieben hatte, sehr gut gefällt! Die Story ist modern, kurzweilig und überraschend. Ihr Schreibstil gefällt mir sehr gut! Deshalb habe ich Sie schließlich hergebeten. Ihr Alter beeinträchtigt meine Wahl in keiner Weise." Er räusperte sich und bot uns etwas zu trinken an. Gerne nahmen wir ein Glas Wasser entgegen.

„Also zum Geschäftlichen: Wir würden Ihren Roman gerne verlegen."

Er erläuterte die Bedingungen und erklärte die Rechte. Sarahs unauffälliges Nicken zeigte mir, dass alles annehmbar und keineswegs unmoralisch war.

„Wenn Sie also einverstanden sind, dass wir Ihr Werk sozusagen kaufen..."

Ich nickte einfach, hatte ich sowieso nur die Hälfte verstanden und verließ mich vollends auf Sarahs Urteil, woraufhin er mir einen Vertrag über den Tisch schob. Sarah las ihn sorgfältig, dann schob sie ihn mir herüber. Hilfsbereit reichte mir Mr. Lawrence einen Füllfederhalter und ich unterschrieb zum ersten Mal einen Vertrag und fühlte mich unheimlich wichtig dabei.

„Gut, dann würde ich Ihnen jetzt einen Scheck ausstellen, ein Vorschuss sozusagen."

Er entnahm seiner Schreibtischschublade einen Blankoscheck und füllte ihn aus, wir konnten nicht sehen, was er schrieb. Als er fertig war, nahm er ihn in die Hand und blies darüber, damit die Tinte trocknete. Dann steckte er ihn in ein Kuvert und schob ihn über den Tisch. Als wäre alles hier selbstverständlich fragte er: „Zu meinem im Brief erwähnten Anliegen, haben Sie noch mehr Material in diesem Stil?"

Ich hob meine Tasche auf, die ich neben mir auf den Boden gestellte hatte, stellte sie auf den Schreibtisch und entnahm ihr meinen Berg beschriebener Blätter. Mr. Lawrence machte große Augen.

„Mein Gott, wann haben Sie denn angefangen zu schreiben? Im Mutterleib?" Er lachte über seinen eigenen Witz und zog den Stapel zu sich heran.

„Sie werden von mir hören, Miss Hunter."

Und damit waren wir entlassen. Ich nahm das Kuvert an mich und meine nun leere Tasche. Wir standen auf, bedankten und verabschiedeten uns mit einem Händedruck und gingen hinaus. Ohne uns anzusehen, liefen Sarah und ich nun nebeneinander beschwingt die Treppe hinunter. Im Foyer zog ich den Scheck aus dem Kuvert und wir beide bekamen tellergroße Augen, als wir die Summe lasen. Wir schauten uns an und stießen Freudenschreie aus, die Dame am Empfang lächelte verständnisvoll.

18

„Wenn das so weitergeht", lachte Ed fröhlich, „kommen wir aus dem Feiern nicht mehr heraus!" Stolz hatten Sarah und ich meinen Vertrag und den Scheck präsentiert, woraufhin Ed gleich nochmal eine Flasche Champagner spendiert hatte.

Nun lagen Amy und ich verträumt in unseren Betten, erschöpft und leicht trunken, ob vor Glück oder vom Champagner, vermochte ich nicht zu unterscheiden. „Ich glaube, dieses Grinsen geht nie mehr aus meinem Gesicht!", seufzte ich glücklich.

Amy lachte. „Bleib am Ball, Anna, denk an das Haus am Strand!"

„Oh", ich räusperte mich leicht verlegen, „das wird wohl ein Wunschtraum bleiben."

Doch diese Feststellung hielt uns nicht davon ab, davon zu träumen und uns das sonnige Leben im Süden auszumalen.

Es dauerte Wochen, bis ich mich wieder vollends meiner Arbeit auf der Farm widmete, ohne dass meine Gedanken ununterbrochen abschweiften und ein Eigenleben führten. Die Kühe schlugen manchmal verärgert mit ihrem Schwanz nach mir, weil ich verträumt dasaß und mitten beim Melken innehielt. Doch es wäre möglich gewesen, mich wieder anständig einzufinden, hätte es nicht schon so bald die nächste Aufregung gegeben: Erneut Post vom Verlag! Sie hatten weitere meiner Werke ausgewählt und baten um einen erneuten Termin, um Weiteres mit mir zu besprechen und die neuen Verträge auszuhandeln. Sarah bot sich sofort an, wieder mit mir in die Stadt zu fahren, was mir mehr als recht war. Ich fühlte mich dieser ganzen Sache alleine nicht gewachsen und sie hatte sich beim letzten Mal mehr als bewährt. Mr. Lawrence war zwar nett und wirkte vertrauenerweckend, dennoch war er Geschäftsmann und ich wollte mich schließlich nicht über den Tisch ziehen lassen.

Meine Befürchtungen waren umsonst, er machte mir ein noch besseres Angebot als letztes Mal, sodass ich während der Gespräche vergaß zu atmen und Sarah die Verhandlungen alleine für mich führte.

Als wir das Verlagshaus endlich verließen, waren wir völlig fassungslos. Für sechs weitere meiner Romane hatten sie sich entschieden! Ich würde Tantiemen pro verkauftem Buch erhalten, was ich als Geld betrachtete, für welches ich gar nichts tun musste und der Vorschussscheck fiel dermaßen hoch aus, dass mir schwindelig wurde!

„Lass uns heute anders gehen", schlug Sarah auf dem Rückweg zum Bahnhof vor, „es ist kaum ein Umweg und ich möchte noch schnell etwas erledigen."

Ich dachte mir nichts und folgte ihr brav, bis sie plötzlich einen schrillen Schrei ausstieß und aufgeregt auf ein Schaufenster zeigte.

„Anna! Schau!"

Ich schaute. Es war ein Buchladen und im Schaufenster, ganz vorne, lag *mein* Buch! Mit einem Schildchen „unser Bestseller"! Ich war fassungslos! *Dieses* Buch hatte *ich* geschrieben!

Es war, als wäre ein Wunder geschehen und ich fragte mich, ob Mom ihre Finger mit im Spiel hatte und ein dankbares Lächeln zauberte sich auf meine Lippen. In meinen Gedanken war sie immer bei mir, denn es war undenkbar, dass sie es nicht war.

Sarah ging mit mir zur Bank und ließ ein eigenes Konto für mich eröffnen.

Ich wollte, dass Ed und Sarah das Geld nahmen, schließlich hatten sie uns großgezogen und durchgefüttert, uns allen eine Zukunft verschafft. Mir würden immer noch die laufenden Tantiemen bleiben. Doch sie weigerten sich strikt mit dem Argument, dass wir für alles gearbeitet und alles verdient hätten. So kam es, dass ich plötzlich über ein beträchtliches Vermögen verfügte, von welchem ich niemals zu träumen gewagt hätte und mir beim Schreiben Flügel wuchsen, die mich weiter trugen als jemals zuvor. Ich tat weiterhin meine Arbeit auf der Farm, zuverlässig wie jeher und hochmotiviert, doch am Abend bis in die Nacht schrieb ich, wie eine Besessene und Mr. Lawrence war begeistert von meiner Ausdauer.

Eines Abends, wir saßen alle zusammen am Tisch und aßen, ergriff Josh das Wort. Was heißt ergriff das Wort, eher ein Herumdrucksen war es.

„Ich möchte euch gerne jemanden vorstellen."

„Ein Mädchen?", wollte Sarah auch sogleich wissen.

„Ähm, ja."

Amy und ich sahen uns an und konnten uns ein hämisches Grinsen nicht verkneifen.

„Aber natürlich", meinte Ed ganz gelassen, „bring sie doch am Wochenende mit, zum Mittagessen."

Es war das erste Mal, dass Josh uns ein Mädchen offiziell vorstellen mochte, es musste etwas Ernstes sein. Sein Kopf leuchtete wie ein Glühwürmchen in der Nacht.

„Okay, danke…"

Natürlich platzten wir schier vor Neugier und fieberten dem kommenden Wochenende förmlich entgegen.

Wir drei Frauen standen früh in der Küche, um ein wunderbares Menü zu zaubern, schließlich sollte das Mädchen möglichst lange bleiben. Wäre sie unsympathisch, konnten wir das Ganze verkürzen, indem wir den Nachtisch und den Kuchen wegließen und später allein aßen, scherzte Sarah. Indessen machte Josh sich am späteren Vormittag mit Eds altem Wagen auf, um sie abzuholen. Er hatte sich mächtig herausgeputzt. Amy und ich hatten ihn deswegen aufgezogen, bis er schon fast wütend geworden war.

Endlich fuhren die beiden auf den Hof und wir stürzten sogleich ans Fenster. Josh stieg aus und ging um den Wagen, um ihr zu helfen. Sie hatte langes, blondes Haar, das sie hochgesteckt trug und ihre Augen waren so strahlend blau, dass sie sogar von hier aus auffielen. Ihre Figur war zierlich und sie war höchstens 1,60 Meter groß. Sie strahlte Josh an und nebeneinander kamen sie aufs Haus zu.

„Ich geh sie mal begrüßen."

Sarah wandte sich ab und ging hinaus. Wir hörten, wie sie auf der Veranda miteinander redeten.

Endlich betraten sie die Küche und Amy und ich stellten uns vor. Sie strahlte über das ganze Gesicht.

„Hallo, ich bin Elli, ich freu mich so, euch alle endlich kennenzulernen, Josh hat mir schon viel von euch erzählt! Du bist also die Schriftstellerin."

„Hm, ja." Ich war leicht verlegen, doch sie lächelte gewinnend und zeigte damit ihre niedlichen Grübchen. Sie hatte wirklich ein sehr freundliches Gesicht. Ich warf Josh einen anerkennenden Blick zu, um ihm zu zeigen, dass ich einen positiven ersten Eindruck von ihr hatte.

„Setzt euch doch", forderte Ed sie auf und nahm den mit Rotwein gefüllten Dekanter vom Tisch, um die Gläser zu füllen.

„Oh, wie hübsch der Tisch gedeckt ist!" Elli ließ bewundernd ihren Blick über die Tafel gleiten, während sie sich setzte.

„Das war Amy." Ich fand, das Lob stand ihr zu. Tatsächlich hatte sie sich besondere Mühe gemacht, die blütenweiße Tischdecke aufgelegt und mit Blumen aus dem Garten kreativ dekoriert. Die Servietten hatte sie so gefaltet, dass sie wie Schwäne aussahen und der Kandelaber, dessen Kerzen sie angesteckt hatte, obwohl es erst Mittag war, ließ alles sehr anheimelnd und romantisch wirken. Ich hatte für sowas leider kein Händchen…

„Wundervoll! Du musst mir unbedingt später zeigen, wie du das mit den Servietten gemacht hast. Bitte!"

„Natürlich", Amy setzte sich verlegen Elli gegenüber.

Sarah und ich begannen aufzutragen. Vier Gänge hatten wir vorbereitet: Eine bunte Salatplatte, Sarahs berühmte Markklößchen Suppe, Rinderbraten mit Kartoffeln und Gemüse, zum Nachtisch Obstsalat und für später hatten wir einen Kirschkuchen gebacken.

Elli entpuppte sich wirklich als unterhaltsames, quirliges und lustiges Mädchen, das im Sturm unser aller Herzen eroberte. Besonders Amys, die, immer wieder leicht errötend, das Gespräch mit ihr suchte und versuchte, die Aufmerksamkeit auf sich zu ziehen. Wir verbrachten einen herrlichen Tag miteinander und nahmen den Kaffee und den Kuchen draußen auf der Veranda ein. Wir alle waren traurig, als sich der Tag dem Ende neigte und Elli sich verabschiedete. Josh brachte sie nach all den herzlichen Umarmungen, die sie hatte bereitwillig über sich ergehen lassen, zum Auto und fuhr sie nach Hause. Vollgegessen, wie wir waren, ließen wir uns auf die Stühle fallen.

„Josh hat wohl einen guten Griff getan", begann Sarah auch gleich das unvermeidbare Gespräch.

„Ja, sie hat ein sehr angenehmes Wesen", pflichtete Ed bei, „und hübsch ist sie noch dazu, was ja nicht schaden kann."

Sarah und ich lachten, während Amy begann zu schwärmen.

„Oh ja, sehr hübsch ist sie! Und auch klug und freundlich!"

„Warten wir´s ab, wir haben sie heute zum ersten Mal gesehen", dämpfte ich ihre Euphorie, doch sie ließ sich nicht beirren. „Ich weiß es einfach!", tat sie meinen Einwand ab.

Wir blieben draußen sitzen, es war noch angenehm warm, genossen die friedliche Idylle, jeder seinen Gedanken nachhängend und den Tag nochmals Revue passieren lassend. Erst als Josh schließlich zurückkam, gingen wir hinein.

„Danke", er räusperte sich, „ihr alle habt euch so viel Mühe gegeben." Nervös biss er sich auf die Unterlippe, doch Ed legte ihm beruhigend den Arm um die Schulter, „sie ist eine reizende junge Frau."

Joshs Schultern sanken merklich nach unten, als er sich entspannte.

„Dann lasst uns jetzt ins Bett gehen", Sarah erhob sich, „ich bin müde."

19

Josh verbrachte nun den größten Teil seiner Freizeit mit Elli. Sie gingen aus, manchmal brachte er sie am Wochenende zum Essen her und manchmal gingen wir gemeinsam zum Picknick. Der erste Eindruck hatte nicht getäuscht, sie war einfach liebenswert und integrierte sich rasch in unsere Familie.

Mr. Lawrence sah nicht ein, dass ich einfach das ruhige Leben auf der Farm genießen und in aller Stille schreiben sollte. Er wollte immer öfter, dass ich herumreiste und Lesungen abhalten sollte. Anfangs war ich sehr befangen, doch waren es freundliche Gesichter, in die ich blickte, die erwartungsvoll meinen Worten lauschten. Ich gewöhnte mich nach einer Weile daran und begann, meine Zurückhaltung abzulegen.

„Sie müssen präsent sein, Ihre Fans wollen Sie anfassen! Sie sind schließlich unser Steckenpferd."

Das meinte Mr. Lawrence nicht wörtlich, doch tatsächlich machte ich den Menschen eine Freude, wenn ich Ihnen die Hand gab, mich kurz mit Ihnen unterhielt oder mich gar mit ihnen fotografieren ließ.

Sarah begleitete mich stets und scheute sich nicht zu zeigen, wie stolz sie auf mich war. Sie war nicht mehr die Jüngste und oft stöhnte sie, dass ihre Knochen schmerzten vom langen Sitzen, doch sie ließ sich die Reisen mit mir nicht nehmen.

„Pah, ich werde dich doch nicht alleine lassen!"

Wieder hatte der alte Mr. Lawrence, der einfach nicht die verdiente Rente antreten wollte, eine Lesereise geplant. Dieses Mal sollte es weiter fort gehen, durch den Süden. Ich freute mich wie ein kleines Kind, bestimmt würde ich die Gelegenheit haben, endlich das Meer zu sehen! Und das war das erste Mal, dass Sarah das Handtuch warf.

„Kind, sei mir nicht böse, aber eine so weite Reise traue ich mich nicht mehr anzutreten."

Ich war natürlich traurig, zumal diese Aussage ein endgültiges Zeichen ihres Alters darstellte, dennoch konnte ich den Antritt der Reise kaum erwarten.

Und ich wurde nicht enttäuscht, es war einfach herrlich! Ich reiste die Küste entlang, ich sah das Meer, dessen Anblick mich völlig überwältigte, sah Städte, spazierte durch malerische Dörfer und meine Lesungen waren besser besucht denn je. Wie hätte Sarah das alles gefallen! Es war hier heißer als zu Hause, dennoch empfand ich die Hitze nicht als unangenehm, da das Meer stets eine frische Brise an Land trieb. Diese Reise betrachtete ich mehr als eine Urlaubsreise, denn als eine berufliche. Obwohl ich viel unterwegs war, hatte ich immer genug Zeit bis zur Weiterreise, um die Gegend etwas auszukundschaften.

Natürlich neigte sich auch diese Reise irgendwann dem Ende, noch eine einzige Lesung stand mir bevor. Sie fand am späten Nachmittag statt und die Halle war gefüllt gewesen. Ich rief mir ein Taxi, das mich aus der Stadt bringen sollte. Ich wollte dem Trubel entfliehen und noch einen Strandspaziergang machen, bevor ich mich am nächsten Tag auf die lange Heimreise machen würde. Ich bezahlte den Fahrer und lief durch die Dünen zum Strand, lauschte dem Rauschen der Wellen und atmete tief durch. Ich wusste nicht, wann oder ob ich das Meer je wiedersehen würde, ich wollte einfach nochmal Eindrücke sammeln, um sie mit nach Hause zu nehmen und immer wieder in mein Gedächtnis zurückrufen können. Ich zog meine Schuhe aus und lief den Strand entlang, das kühle Wasser umspülte meine Füße und es fühlte sich wie ein Streicheln an. Meine Zehen bohrten sich beim Gehen in den weichen Sand und ich ging in ein völlig entspanntes Schlendern über. Mein Herz war frei, frei von jeglichem Schmerz und jeder Last, ich fühlte mich wie ein Vogel, der völlig unbedarft seine Kreise am Himmel zog.

Ich war schon eine Weile gegangen, als ich eine kleine Ansammlung von Häusern entdeckte und mich neugierig näherte. Es musste wundervoll sein, so zu wohnen. Tatsächlich befand sich an einem der Häuser ein „Zu verkaufen" Schild. Ich dachte an meinen alten Traum und lächelte in mich hinein. Ich würde meine Familie, und damit meinte ich natürlich auch Sarah und Ed, niemals verlassen. Sie waren mein Zuhause.

Es war ein sehr hübsches Haus, direkt zum Strand, weiß gestrichen und mit einem hübschen, großen Garten. Der künftige Besitzer dieses Hauses würde hier sicherlich glücklich werden, ein etwas wehmütiges Gefühl machte sich in mir breit und ich machte mich auf den Rückweg.

Es war spät, als ich zurück zum Hotel kam und ich war nun doch sehr müde und wollte nur noch in mein Bett schlüpfen. Ich stand schon mit einem Fuß auf der Treppe nach oben, als die Dame hinter der Theke mich anrief.

„Miss Hunter, warten Sie bitte einen Moment!" Sie wühlte suchend auf ihrem Schreibtisch herum, bis sie fand, wonach sie suchte. „Hier ist es ja!", lächelte sie zufrieden und lief mir mit ausgestrecktem Arm entgegen. „Ein Telegramm für sie!"

Es steckte in einem Kuvert und ich nahm es dankend entgegen. Sicherlich von Mr. Lawrence. Wahrscheinlich sollte ich doch noch irgendwo hin. Ich ging nach oben in mein Zimmer und schaltete das Licht ein, schlüpfte aus meinen Schuhen und zog dann endlich das Telegramm aus dem Kuvert.

Anna, komm sofort nach Hause! Sarah und Ed sind mit dem Wagen verunglückt, beide tot! Brauchen dich hier dringend! Bitte komm schnell, Amy

Das Papier fiel zu Boden, als meine Finger es nicht mehr halten wollten. Zitternd holte ich den Koffer aus dem Schrank.

20

So wurden sie einfach aus unserem Leben gerissen, beide auf einmal. Und wieder klaffte dieses riesige Loch auf. Irgendwie war es, als seien unsere Eltern gestorben, denn das waren sie für uns gewesen und nun erlitten wir einen doppelten Verlust. Es war so unerwartet gekommen, dass wir fast nicht in der Lage waren, ihr Gehen zu realisieren.

Sie hatten uns die Farm hinterlassen, da sie selbst keine eigenen Kinder gehabt hatten. Wir waren ihre Kinder und trauerten auch nicht weniger, als eigene es hätten tun können.

Elli verbrachte noch mehr Zeit bei uns als vorher, war für uns da und versuchte uns zu trösten.

Eines Abends betrat ich unser Zimmer, wo sie mit Amy redete und sah, wie Amy vertraulich die Arme um sie legte und ihr einen Kuss auf den Mund gab. Als sie mich bemerkte, ließ sie sie schnell wieder los und errötete.

„Ach Amy, ich bin doch gerne für euch da, bin ich nicht auch eure Freundin?!"

Elli erhob sich und lächelte mir arglos zu.

„Ich werde uns etwas zu essen machen."

In einem meiner Bücher hatte ich mal geschrieben *Die Zeit heilt alle Wunden, oder zumindest lässt sie den Schmerz verblassen.*

Die Zeit verging und wir hatten einen neuen Alltag finden müssen. Wir mussten uns damit trösten, dass Sarah und Ed wenigstens alt geworden waren, nicht wie unsere Mom, die uns viel zu früh verlassen hatte. Wir waren dankbar, dass wir so viel Zeit mit ihnen hatten verbringen dürfen.

Und manche Dinge sind einfach vorhersehbar, wie zum Beispiel die Tatsache, dass Josh uns eines Tages eröffnete: „Elli und ich werden heiraten."

Ich schaute über Ellis Schulter, als ich sie umarmte und ihr erfreut gratulierte und ich sah in Amys Augen, sah ihren Schmerz, der sich für mich wie ein offenes Buch offenbarte. Doch als ich Elli losließ und mich Josh zuwandte, hatte sie sich wieder unter Kontrolle.

„Wie schön! Das wurde ja auch Zeit! Ich... ich mach uns eine Flasche Champagner auf, Ed hätte das jetzt auch getan!"

Ich sah, wie sie sich über die Augen wischte, nachdem sie sich umgedreht hatte. Und ich fasste einen Entschluss.

Die Hochzeit war für August geplant. Endlich würden wir auch Ellis Familie kennenlernen, die

Arbeiter von der Farm würden dabei sein, natürlich ebenfalls mit ihren Familien. Alles in allem war eine Feier für etwa sechzig Leute auszurichten. Aber ich hatte trotzdem noch genug Zeit, um eine Sache zu erledigen, die erledigt werden musste.

„Ich muss noch eine Lesereise machen", gab ich vor.

„Aber wir haben doch so viel zu tun!"

„Du schaffst das schon! In zwei Wochen bin ich wieder da und ich verspreche dir, es wird die schönste Hochzeit werden, die das Dorf je gesehen hat."

Ich reiste zurück zu dem Haus am Strand, atmete auf, als ich sah, dass das Schild noch stand. Ich ging hin und nahm es ab, denn dieses hier war *mein* Haus.

Die Abwicklung war unkompliziert, Geld genug hatte ich ja und schreiben konnte ich überall.

Ich lebe von meiner Feder!

Und ich habe ein Haus am Strand!

Meine Wünsche und Träume erfüllten sich. Und ich wusste in meinem tiefsten Inneren, dass nun alles kam, wie es kommen musste.

Ich reiste zurück, stürzte mich in die Hochzeitsvorbereitungen und scheute keine Mühen und Kosten, um mein Versprechen zu halten: Es wurde die schönste Hochzeitsfeier, die das Dorf je gesehen hatte. Das schönste jedoch waren Joshs und Ellis verliebte, tiefe Blicke, die das Fest zu dem machten, was es war. Ein Fest der Liebe, alle waren ernstlich gerührt und es wurde gefeiert bis zum nächsten Morgen.

Am Mittag jedoch ließ ich die Bombe platzen.

„Amy und ich werden wegziehen."

„Was?"

Josh, Amy und Elli starrten mich entgeistert an.

„Das kannst du doch nicht machen!"

„Oh doch", erklärte ich ganz ruhig, „ihr gründet nun selbst eine Familie und Amy und ich wären nur im Weg."

„Das ist nicht wahr!"

„Josh, Elli, ihr wisst, dass ich recht habe. Also keine Widerrede!"

Ich warf Amy einen bedeutungsvollen Blick zu, woraufhin sie weinend das Zimmer verließ und nach oben rannte. Ich erzählte Elli und Josh von meinem wunderbaren Haus am Strand, das ich gekauft hatte.

„Ihr könnt uns jederzeit besuchen kommen, auch mit euren Kindern", ich zwinkerte Josh vielsagend zu, „ich werde die Kosten übernehmen, es wird wie Urlaub sein und ich habe dort jede Menge Platz."

„Das hört sich alles so wunderbar an, Anna, trotzdem!" Elli kullerten ein paar Tränen über die Wangen. „Wir werden euch so sehr vermissen!"

„Wir euch auch, aber wir sind ja nicht aus der Welt, es ist ja kein Abschied für immer."

„Du bist fest entschlossen, nicht wahr?", fragte mich Josh mit gesenktem Kopf.

„Ja, Josh. Glaub mir, es ist das Beste so." Ich stand auf. „Ich werde jetzt mal nach Amy sehen."

Amy fuhr herum, als ich unser Zimmer betrat.

„Du kannst nicht über mich bestimmen!", fuhr sie mich mit zornig funkelnden Augen an.

„Ich weiß."

Ich setzte mich auf mein Bett und bedeutete ihr, sich ebenfalls zu setzen, aber sie wollte nicht.

„Amy, Elli ist jetzt verheiratet, mit Josh, mit unserem Bruder! Sie werden Kinder bekommen und du wirst Tante Amy sein!" Ich machte eine wirkungsvolle Pause. Sie ließ sich nun doch auf ihr Bett fallen und begann, leise zu schluchzen. Ich setzte mich neben sie, nahm sie in die Arme und ließ sie sich ausweinen. Erst, als sie etwas ruhiger wurde, versuchte ich es erneut.

„Erinnerst du dich, als wir abends als Kinder im Bett gelegen hatten und du mich gefragt hast, was ich einmal werden möchte?"

Sie dachte kurz nach. „Ja, du wolltest schreiben und uns ein Haus am Strand kaufen." Sie schniefte.

„Siehst du, das habe ich nun getan."

Sie machte große Augen.

„Ja, Amy, ich hab´s getan. Nun komm mit mir und lass zu, dass unsere Träume Wirklichkeit werden. Hier ist nun nicht mehr unser Zuhause, es ist das ihre und du weißt es. Lass Josh seine Träume leben und uns die unseren. Du weißt, dass es so besser ist."

Nach einer Weile nickte sie, konnte aber noch nicht aufhören zu weinen.

Nun, da alles geregelt war, hielt mich nichts mehr. Ich wollte in mein neues Heim, zusammen mit meiner Schwester. Sie hatte während des letzten Abschnitts der Reise nicht mehr gesprochen, zu überwältigend anders war es hier und sie konnte ihren Blick nicht vom Fenster des Taxis losreißen. Wir waren müde und verschwitzt, als wir endlich ankamen, doch meine Vorfreude ließ mich munter auf das Haus zu laufen.

„Komm Amy, mach schon!"

„Ich kann nicht mehr!"

Doch da sah sie es, das Haus, den wunderschönen Garten und vor allem das Meer.

„Im Ernst? Das hier ist es?"

Ihr Mund blieb offen stehen und ich lachte.

„Aber ja! Komm, lass uns unsere Koffer reinbringen, dann zeig ich dir alles."

Feierlich steckte ich den Schlüssel ins Schloss und öffnete die Tür. Wir stellten unser Gepäck gleich im Flur ab.

„Ich zeig dir das Haus, du hast ein eigenes Zimmer ganz für dich allein!"

„nein, vorher muss ich noch etwas anderes tun!"

Sie schlüpfte wieder hinaus und rannte los zum Strand. Ich ließ die Tür offen stehen und ging ihr nach, sah, wie sie laut lachend ins Meer rannte, vollkommen angezogen, meine kleine Amy, und sich bäuchlings ins Wasser fallen ließ. Gleich darauf tauchte auch ich ein und wir tobten im Wasser, ausgelassen wie kleine, unschuldige Kinder, die noch kein Leid gesehen hatten. Es war, als hätten wir die Uhr zurückgedreht, waren wieder Moms kleine Mädchen. Es waren Sommerferien und wir tobten im See.

Nur, dass das Meer mit seiner endlosen Weite und seinem Rauschen viel schöner und aufregender war.

21

Etwas fehlte noch. Ich war bei einem Gärtner gewesen und hatte eine kleine Wildrosenpflanze gekauft in der gleichen Farbe, wie sie einst am Haus am See wuchsen. Ich hatte einen schönen Platz gefunden, wo ich sie im Garten gepflanzt hatte. Ich konnte ihr beim Wachsen von meinem Zimmerfenster aus zusehen, von meinem Schreibtisch aus.

„Hallo, ich bin Bryan, sie sind wohl meine neue Nachbarin." Es war eine Feststellung, keine Frage.

Ich drehte mich um und blickte in die schönsten Augen, die ich je gesehen hatte. Dunkelbraun mit langen, schwarzen Wimpern, um die ihn jede Frau beneiden musste, kleine Lachfältchen ließen ihn sogleich sympathisch erscheinen. Sein Haar glänzte schwarz in der Sonne. Er lachte mir fröhlich zu und seine sinnlich geschwungenen Lippen entblößten perfekte, weiße Zähne. Ich hatte im Garten gearbeitet und mit den Wildrosen geredet.

„Darf ich hereinkommen?"

Er öffnete schön das kleine, weiße Gartentürchen und kam auf mich zu. Sein Händedruck war fest. Ich versuchte, mich zu sammeln und ärgerte mich über meine offensichtliche Verlegenheit.

„Hallo Bryan... ja... ich bin Anna."

Mehr fiel mir im Moment leider nicht ein und es war mir unmöglich, mich von seinen Rehaugen loszureißen.

„Brauchen Sie Hilfe? Im Garten, meine ich, wurde schließlich eine ganze Weile nichts gemacht. Ich hab heute frei." Er schaute sich um. „Oh, Sie haben schon ziemlich... schön sieht das aus hier. Das hier ist neu, nicht wahr?"

Er zeigte auf meinen Wildrosenstock. Mir kam eine Idee.

„Ich wohne hier mit meiner Schwester Amy und wir kennen hier niemanden, da wir von weiter weg kommen. Deshalb möchten wir… eine Art Einstand feiern, ja, ein Grillfest mit unseren neuen Nachbarn, zum Kennenlernen. Wenn Sie mir dabei behilflich wären…"

„Gerne! Wann soll die Party denn steigen?"

„Nächsten Samstag?"

„Prima! Ich helfe Ihnen beim Einkaufen, Getränke und… ich weiß, wo es die besten Steaks gibt." Er grinste und zwinkerte mir zu und mein Herz tat einen Hüpfer.

„Toll, danke!"

Jetzt grinste ich auch breit. Das war eine gute Idee, eine Party! Das würde auch Amy auf andere Gedanken bringen.

Amy freute sich, als sie von unserem bevorstehenden Grillfest hörte und zog gleich los, um Deko und jede Menge Lampions zu besorgen. Das Grundstück war groß und wir hatten einige Bäume…

Ich zählte die Tage bis Freitag, da Bryan mit mir den Großeinkauf tätigen würde. Ich machte mich am Morgen sorgfältig zurecht und Amy schmunzelte, als ich die Treppe herunterkam.

„Er gefällt dir, nicht wahr?"

Ich stieß ihr nur grinsend meinen Ellbogen in die Seite und sie lachte, als es auch schon an der Tür klopfte.

„Hallo, Bryan."

„Guten Morgen, Ladies!"

Er trug ein weißes T-Shirt, das seine sonnengebräunte Haut extrem gut zur Geltung brachte. Er warf mir einen bewundernden Blick zu.

„Wollen wir?"

„Ja, ich bin so weit."

Ich steckte noch meinen Schlüssel in die Tasche und los ging es.

„Bis später, Amy."

Sie winkte uns noch kurz nach, während wir in Bryans alten Pick-up stiegen, da die große Ladefläche gut für unseren Großeinkauf geeignet war. Ich war bisher immer nur bis zum nächsten Supermarkt gekommen, er war nicht sonderlich groß, aber ich bekam alles, was Amy und ich so brauchten. Mit Bryan nun fuhr ich etwas weiter, zu einem Getränkegroßhandel.

„Die sind viel billiger."

Ich war heilfroh, dass er dabei war, als wir mit zwei großen Einkaufswagen voller Getränke zu seinem Auto zurückkamen und alles aufgeladen werden musste. Ich wollte ihm dabei helfen, doch er bestand darauf, dies alleine zu tun.

„Viel zu schwer für so zarte Hände."

Er lächelte und schaute mir dabei eine Spur zu lange in die Augen…

„So", die Getränke waren verstaut, „jetzt fahren wir zum Fleischer, du wirst sehen, es lohnt sich." Schmunzelnd hielt er mir die Tür auf und ich stieg ein, wobei seine Hand, zufällig oder nicht, die meine berührte und bei mir trotz der Hitze in der Stadt eine Gänsehaut verursachte.

Nachdem wir alles eingekauft hatten machten wir uns auf den Rückweg. Es musste alles noch zu Hause verstaut werden und dann würden wir Amy bei der Gartendekoration helfen.

Sie hatte bereits damit begonnen Lampions an Bäumen anzubringen, doch Amy selbst konnte ich nicht entdecken. Ich verstaute das Fleisch im Kühlschrank und rief nach ihr, doch sie antwortete nicht.

„Ich sehe mal nach ihr", sagte ich an Bryan gewandt und huschte die Treppe nach oben. Sie lag auf ihrem Bett mit geschlossenen Augen und hatte die Vorhänge zugezogen.

„Hallo Anna, habt ihr alles bekommen?" Sie hatte mich gehört.

„Ja, Liebes, geht es dir nicht gut?"

„Ich hatte plötzlich starke Kopfschmerzen bekommen, deshalb habe ich mich hingelegt. Aber keine Sorge, ich habe schon eine Schmerztablette genommen, lass mir einfach eine Stunde und dann machen wir den Garten schön."

Ich schloss leise die Tür und lief wieder hinunter in die Küche, wo Bryan auf mich wartete.

„Sie hat Kopfschmerzen und hat sich hingelegt. Ich mache uns einen Kaffee, bevor wir uns im Garten zu schaffen machen", schlug ich vor.

„Gute Idee."

Wir tranken gemütlich am Küchentisch unseren Kaffee und plauderten, Bryan war ein unterhaltsamer Gesprächspartner. So zwanzig Leute aus der Nachbarschaft würden morgen Abend auf unsere Party kommen und er machte mich vorab ein bisschen mit ihnen vertraut, indem er einige von ihnen kurz beschrieb.

Es begann schon dunkel zu werden, bis wir mit dem Garten zufrieden waren. Amy war nicht mehr heruntergekommen, sie war wohl eingeschlafen und ich ließ sie, schließlich sollte sie für den großen Tag morgen wieder fit sein. Und das war sie auch.

„Tut mir leid, dass ich gestern eingeschlafen bin und ihr alles alleine machen musstet", begrüßte sie mich zähneknirschend.

Ich stellte ihr eine Tasse frischen Kaffee auf den Tisch. „Dir auch einen guten Morgen", grinste ich, „geht´s dir wieder gut?"

„Ja, wieder munter wie ein Fisch im Wasser!"

Mit einem dankbaren Lächeln nahm sie ihre Tasse und trank. „Und ich freu mich schon so auf heute Abend!", strahlte sie.

Da nun schon alles besorgt war, der Garten fertig dekoriert und von den Nachbarsfamilien eine jede einen Salat mitbrachte, hatten wir Zeit, gemütlich ein Bad zu nehmen. Wir frisierten uns gegenseitig und förderten zauberhafte Hochsteckfrisuren zutage. Unter viel Gelächter probierten wir mehrere Frisuren aus, bis wir zufrieden waren. Die Krönung allerdings waren die sehr eleganten, figurbetonten

Cocktailkleider, die Amy selbst entworfen und geschneidert hatte, in die wir allerdings erst gegen Abend schlüpften. Das Brot brachte Bryan nach der Arbeit aus der Stadt mit.

„Da hol mich doch der Teufel!"

Er ließ eines der Brote fast fallen, als er uns sah, fing es aber geschickt wieder auf. „Ladies, welchem Märchenland seid ihr entsprungen?"

Amy und ich strahlten. Er legte das Brot auf dem Gartentisch ab.

„Ich gehe schnell rüber zu mir, nur mich schnell waschen und umziehen, dann komme ich und heize den Grill an", versprach er.

„Du bist ein Schatz!", es war mir einfach herausgerutscht, doch konnte ich es nicht zurücknehmen oder meine Schadenfreude verbergen, als er mit rotem Kopf davoneilte. Amy kicherte.

„Warum sollen immer nur wir Frauen erröten?!"
Ich zuckte mit der Schulter und grinste hämisch.

Der Abend war ein voller Erfolg! Alle kamen uns herzlich entgegen, boten Hilfe an und amüsierten sich prächtig. Bryan hatte am Grill gestanden, wurde aber irgendwann von Leonard, einem großen, schlaksigen Jungen Anfang zwanzig abgelöst, der wohl Emmas Sohn von nebenan war. Emma war Mitte vierzig, klein, rund und unheimlich liebenswert. Sie hatte rotes Haar und hatte mir erzählt, dass sie ursprünglich aus Irland stammte. Wo die Liebe hinfällt…

Bryan kam mit zwei Gläsern Champagner auf mich zu. „Lass uns anstoßen, auf diesen wundervollen Abend und auf ebenso wundervolle Nachbarschaft." Er berührte sanft mit seinen Fingerspitzen meine Hand, als er mir das Glas überreichte. Er suchte meinen Blick und ich erwiderte ihn gerne. Ich konnte nicht umhin, einen weichen, zärtlichen Ausdruck in seinen Augen zu sehen. Wir tranken, dann nahm er mir das Glas wieder aus der Hand und stellte es auf einem der vielen kleinen Tische ab, die wir überall im Garten verteilt hatten.

„Lass uns tanzen!"

Er zog mich ganz nah an sich heran und legte die Arme um mich. Ich dachte lächelnd an den Tanz mit Eric zurück, wie lange war das her und ich hatte seither nie wieder mit einem Mann getanzt. Ich genoss die Berührung seines Körpers, legte meine Wange an seine Schulter und meine Hand auf seine Brust, ich konnte spüren, wie sein Herz hämmerte. Ich beobachtete Amy, die auf Emma zu lief, um sich mit ihr zu unterhalten. Sie wankte etwas und ich kicherte, sicherlich hatte sie bereits ein Glas zu viel getrunken. Bryan gab mir einen zarten Kuss in meine empfindsame Halsbeuge und ich hätte zerschmelzen können, doch meine Augen hingen an Amy.

Wenn du es nicht tust, dann tue ich es auch nicht. Ich lass dich nie mehr allein.

Ich entzog mich Bryans Armen und ging ins Haus, spürte, wie sich sein irritierter Blick in meinen Rücken bohrte.

Monate verstrichen, wir hatten uns wunderbar eingelebt, alles schien perfekt zu sein. Ich schrieb unheimlich viel, über Liebe, über gebrochene Herzen, über Einsamkeit und über Glück. Mr. Lawrence war nun doch endlich in Rente gegangen, doch seine Nachfolgerin war noch hingerissener von meinen Werken als er.

Amy hatte damals beim Grillfest erzählt, dass sie Schneiderin sei. Diese Neuigkeit wurde sehr freudig aufgenommen, da man bisher stets hatte in die Stadt fahren müssen. Seitdem ging auch sie wieder ihrem Beruf nach, sie hatte nicht zu viel, aber auch nicht zu wenig zu tun.

Bryan ging ich, soweit das unter Nachbarn möglich war, aus dem Weg, verschanzte mich hinter meinem Papier und meiner Feder, und hatte nicht mehr als ein paar freundliche Worte für ihn, wenn wir uns über den Weg liefen.

Es gab nur eine Sache, die mir begann, langsam Sorgen zu bereiten. Amy litt immer häufiger an Kopfschmerzen. Ich war der Meinung, dass wir nun lange genug hier lebten, dass sie sich an das Klima hier gewöhnt haben müsste. Manchmal war ihr auch schwindelig und immer wieder zog sie sich am helllichten Tag in ihr Zimmer zurück, um sich hinzulegen.

„Ich hol jetzt den Arzt!" Sie verneinte, doch ich ließ mich nicht mehr erweichen. Ich setzte mich in mein Auto und fuhr los. Ich wartete fast zwei Stunden, bis er die Zeit fand, mit mir zu kommen. Ich führte ihn in ihr Zimmer und ließ die beiden allein. Es dauerte eine ganze Weile, bis er wieder herunterkam. Ich hatte Kaffee gekocht und bot ihm eine Tasse an.

„Danke", er setzte sich an den Küchentisch, „Miss Hunter, ich müsste genauere Untersuchungen an ihrer Schwester vornehmen, aber dafür müsste ich sie stationär aufnehmen, ich habe Belegbetten in der Klinik."

Ich holte tief Luft, das würde ihr wahrscheinlich nicht recht sein…

„Gut, ich bringe sie hin."

Sie stellten Amy zwei Wochen lang auf den Kopf und ich besuchte sie täglich. Immer hatte sie eine Vase frischer Blumen auf der Fensterbank, Wildrosen aus unserem Garten. Ich hatte dafür gesorgt, dass sie ein Einzelzimmer bekam und hatte eine großzügige Spende an das Krankenhaus gegeben. Ich wollte, dass sie die beste Betreuung bekam, die das Krankenhaus zu bieten hatte.

Der Verlag hatte mir einen Brief geschickt mit der Aufforderung zu einer Lesereise. Ich hatte abgelehnt, ich wollte mich allein um Amy kümmern.

Pass auf deine Geschwister auf.

„Wir haben nun alle Ergebnisse, die wir brauchten."

Der Mann in Weiß hatte mit ernstem Gesicht das Zimmer betreten, blieb an Amys Bett stehen und räusperte sich. Er sah weder ihr noch mir ins Gesicht und ich spürte, wie mein Herz aufhörte zu schlagen und sich meine Eingeweide zusammenzogen.

„Was ist los?", fragte ich flüsternd, doch es erschien mir wie ein Dröhnen in dem stillen Zimmer.

Endlich sah er auf. „Miss Hunter, Sie haben einen Hirntumor, inoperabel." Er schluckte, während wir in unserem Schrecken verharrten.

22

Ich holte Amy nach Hause. Ich schrieb nicht mehr, kümmerte mich nicht mehr um den Garten, vernachlässigte alles, um nur jede Sekunde, die wir noch hatten, mit ihr zusammen zu sein. Oft legte ich mich zu ihr ins Bett und wir hielten uns fest und weinten gemeinsam. Ging es ihr gut genug, liefen wir runter zum Strand, setzten uns in den Sand, lauschten dem Rauschen der Wellen und sahen zu, wie die Sonne unterging. Wir hielten uns an den Händen, manchmal unterhielten wir uns, manchmal saßen wir einfach nur schweigend da.

„Da seid ihr ja, ich habe euch gesucht. Habt ihr ein bisschen Zucker für euren Nachbarn übrig?"

Es war Bryan. Ich stand auf. „Natürlich, komm mit, ich gebe dir welchen."

Er warf uns verwunderte Blicke zu, wahrscheinlich fiel ihm auf, dass wir beide abgenommen hatten, Amy mehr als ich, ihr Gesicht hatte mittlerweile eine fahle Farbe angenommen.

„Aber hilf mir", bat ich ihn.

Ich half Amy beim Aufstehen und legte ihren Arm um meine Schultern. Bryan fragte nichts. Wie selbstverständlich stützte er Amy von der anderen Seite und langsam gingen wir zurück zum Haus. Im Flur nahm er sie einfach hoch und trug sie nach oben, Amy kicherte leise und ich fühlte, wie mir schon wieder die Tränen in die Augen stiegen. Ich erinnerte mich, wie Josh mich einst genauso die Treppe hochgetragen hatte, lange her…

Ich hatte ihm einen Brief geschrieben und gebeten zu kommen. Ich hatte gleich Tickets für ihn, Elli und die kleine Sarah beigelegt. Ich hoffte inbrünstig, dass sie bald kamen. Eine

Antwort war er mir noch schuldig, doch der Postweg war lang.

Bryan ließ sich in der Küche auf einen Stuhl fallen, den Zucker hatte ich ihm bereits hingestellt.

„Sie schläft. Was ist hier los? Was ist geschehen?"

Ich blieb mit dem Rücken zu ihm stehen und meine Schultern begannen zu beben. Ich hörte, wie er aufstand. Er nahm mich am Arm und drehte mich zu sich herum.

„Was ist mit Amy?"

Er hob mein Gesicht an und seine Stimme wurde sanfter, nachdem er hinein gesehen hatte. Sein Griff lockerte sich, er nahm mich in seine Arme und streichelte meinen Rücken. Zum ersten Mal war ich gezwungen, das Unsägliche auszusprechen und es fiel mir unglaublich schwer. Er sagte nichts, doch ich konnte fühlen, wie auch ihn der Schmerz erfasste und wir standen endlos lange und hielten uns fest.

Josh hatte keinen Brief geschickt. In aller Eile hatten sie gepackt, die Farm organisiert und plötzlich waren sie da. Ich heulte vor Erleichterung und wollte gar nicht mehr aufhören. Zum ersten Mal sah ich die kleine Sarah, die gerade begann zu laufen und unbeholfen umhertappte mit ihren winzigen Füßchen.

Die Kleine, die einen so bedeutungsvollen Namen bekommen hatte, war herzallerliebst und selbst Amy raffte sich noch einmal auf, war wieder mehr wach, weil sie Angst hatte, etwas zu verpassen und man hörte sie manchmal auch wieder lachen. Josh und Elli lernten Bryan kennen, der sich momentan um unseren Garten kümmerte. Er hatte es nicht angeboten, sondern tat es einfach und ich war dankbar dafür, dass nicht alles verwilderte. Und Emma, die durch Bryan von unserem Unglück erfahren hatte und sich dazu berufen fühlte, uns täglich etwas zum Essen zu bringen. Eine kleine Gemeinschaft, in der einer für den anderen da war.

„Das ist doch selbstverständlich!", sagte sie immer nur.

Amy schlief oben und Elli half mir beim Abwasch, Josh war draußen bei Bryan.

Ich spürte, dass Elli mir etwas sagen wollte, sich jedoch zurückhielt und ich wollte sie nicht drängen, konnte aber nicht anders, als zu fragen.

„Was hast du auf dem Herzen, Elli?"

Sie sah mich an und lächelte. „Du meinst wohl eher unter dem Herzen… aber pst, leise, Josh weiß es noch nicht."

Ich fiel ihr um den Hals. „Wie wunderbar!", freute ich mich mit ihr.

„Du bist die Erste, die es erfährt!"

„Ach, wie freu ich mich! Ich muss nach oben, darf ich es Amy sagen? Bitte!"

Sie nickte und ich rannte nach oben und riss Amys Zimmertür auf. Ich setzte mich auf ihren Bettrand und nahm ihre Hand.

„Amy! Amy, wach auf! Ich habe herrliche Neuigkeiten!"

Ich schüttelte sie sanft. „Amy? Amy?!"

Schluchzend krabbelte ich zu ihr ins Bett, nahm sie in meine Arme und drückte sie an mich und weinte in ihr Haar.

Ein Leben kommt, ein Leben geht.

Meine liebste Bella, nun weißt du alles, es gibt keine Geheimnisse mehr. Ich wollte, dass du von meinen Geschwistern erfährst, sie kennenlernst, auch wenn ich nie in der Lage gewesen war, über sie zu reden. Es war mir nur auf diese Weise möglich, mich zu verständigen, mit meiner Feder, die mich mein Leben lang begleitet hat.

Ich konnte nicht darüber reden, was alles geschehen war, welche Schuld ich auf mich geladen habe. Vielleicht kannst du mich verstehen, ich hoffe es sehr, vielleicht gar verzeihen. Es gab viel Leid in unserer Familie, aber auch viel Liebe und Glück. Denk daran bei allem, was dir widerfährt.

Keiner von uns war je nochmal zu unserem Haus am See zurückgekehrt. Nach wie vor ist es im Besitz unserer Familie. Tu damit, was du willst, verkaufe es meinetwegen. Die Besitzurkunde habe ich diesem Brief beigelegt.

Du weißt nun von deinem Urgroßvater, der weit unten in den Tiefen des Sees begraben liegt. Du musst entscheiden, ob du ihn bergen und anständig beerdigen willst oder es dabei belässt. Ich konnte es nicht. Konnte es nicht aufgeben, mein ganz normales Leben, nachdem ich es endlich gefunden hatte.

Wenn du Elli und die Kinder besuchst, wirst du wohl auch zum Friedhof gehen. Du weißt nun von Klein Maggie, als Einzige. Bitte bringe ihr einen Strauß Wildrosen mit.

Ich habe das Grab neben Bryan bereits gekauft, hier werde ich in Frieden ruhen, neben meinem geliebten Mann, mit dem ich so viele glückliche Jahre verbringen durfte.

Du siehst, die Wildrosen im Garten, was mich mit ihnen verbindet. Jeden Tag sollten sie mich erinnern, aber auch waren sie ein Mahnmal für mich.

Liebste Bella, lebe nun dein Leben und triff deine eigenen Entscheidungen, lebe deine Träume, vielleicht sind sie hier, im Haus am Strand, vielleicht verstecken sie sich auch woanders.

In Liebe

Grandma

Bella ließ die letzte Seite des Briefes sinken. Als sie nach Hause gekommen war, hatte sie gleich nach Grandma sehen wollen. Sie lag in ihrem Bett, mit einem friedlichen Lächeln im Gesicht war sie eingeschlafen. Weinend hatte Bella sich zu ihr ans Bett gesetzt, ihre Hand in die ihre genommen.

Staunend hatte sie halb blind vor Tränen den großen Stapel Papier entdeckt. Er lag neben Grandma auf dem Bett und sie hatte ihren Arm darüber gelegt.

Vorsichtig hatte sie ihn hervorgezogen und sich auf den Schoß gelegt, zu lesen begonnen, ohne Grandmas Hand auch nur für eine Sekunde los zu lassen, sie gestreichelt, während sie mit ihr litt, mit ihr weinte und mit ihr lachte.

„Danke Grandma, ich danke dir für alles. Nein, nichts werde ich sagen, nichts unternehmen."

Sie hatte ihre Entscheidung getroffen.

„Ich werde einen Makler beauftragen, das Haus am See zu verkaufen, ich will es gar nicht sehen, so wie du es nicht mehr sehen wolltest. Ich werde sie alle besuchen, alle, hörst du? Und ihnen allen werde ich Wildrosen bringen und Klein Maggi einen Kuss von dir geben. Ganz normal sollst du weiterleben!"

Sie gab ihr einen letzten Kuss auf die Wange. Sie sah zum Fenster hinaus, sah die Welt plötzlich mit ganz anderen Augen, das Meer, den Strand und vor allem die Wildrosen und es war, als flüsterte ihre Großmutter ihr durch sie einen Gruß zu.

Ich danke meinen wunderbaren Testleserinnen Heidi, Nina und Bea.

Ich danke Nico für das wunderschöne Cover und Daniel fürs Korrekturlesen.

Und ich danke dir, liebe Leserin, lieber Leser, dass du dir die Zeit genommen hast, meine Geschichte zu Ende zu lesen. Wer möchte, findet mich auch bei facebook und natürlich freue ich mich sehr über deine Meinung in Form einer Rezension.

Mit ganz lieben Grüßen, deine Alex

Mehr von der Autorin

Der Augenblick mit dir, Roman

Paul ist verzweifelt, seine Beziehung mit sexy Ute läuft nicht ganz wie gewünscht! Linda findet er auch ganz nett, aber sie hat einen Freund: Erik! Bei all dem Liebeskummer macht er sich auch noch Gedanken um seine Freunde Nico, dem Musiker, und Daniel, dem ewigen Single. Und dann ist da auch noch seine Mutter, die immer ihren Senf dazu gibt… Bist du bereit, zu schmunzeln und zu weinen?

Ein Schritt zum Himmel, Roman

Ein Mensch stirbt und zurück bleiben Menschen, die ihn lieben. Allein und trostlos muss jeder für sich alleine kämpfen. Pauls Vater hat sich völlig in sich zurückgezogen, in seine eigene Welt, während Pauls Mutter bemüht ist, weiterhin der Fels in der Brandung zu sein. Doch wie stark ist sie wirklich? Und seine Frau Linda sollte auch nicht ewig alleine bleiben, zudem der kleine Sohn einen Vater braucht... Wie weit muss das Drama sich zuspitzen, bis sich jeder wieder öffnet für ein neues Glück?!

Für immer mit dir, die Kurzgeschichte fürs Herz!

Julia ist wütend auf ihren Mann Georg, weil er den Hochzeitstag vergessen hat.

Dann findet sie auf dem Dachboden das alte Tagebuch ihrer Großmutter und kommt als neuer Mensch ins Wohnzimmer zurück...

Flug der Feder, Roman

Feder wächst als Vollwaisenjunge bei den Indios auf und führt hier ein Leben voller Wunder. Doch erst, als ihn der Schamane Weißer Bär unter seine Fittiche nimmt, findet er zu sich selbst und entwickelt sein Potential, das noch so manche Überraschung bereithalten wird. Nach seinem Tod geistert er zunächst als Seelensammler umher, bis er sich endlich entschließt, wieder auf die Welt zu kommen und zwar als Frau! Denn endlich möchte er Wünsche und Sehnsüchte erfüllen, die bislang ungestillt waren. Wird er es schaffen, endlich ein voll erfülltes Leben zu führen?